정성스러운 궤변

정성스러운 궤변

조현장 지음

좋은땅

CONTENT

사랑하는 이들에게 이 책을 바칩니다.

쉽게 마음 다치지 않기를 바라며.

진주 귀고리를 한 소녀

보석은 착용한 사람의 가치를 상징하는 수단이 된다.

언젠가 진주가 어떻게 생기는지 읽은 적이 있다.
아름답게 보이는 진주는 조개의 말랑한 살에 이물질이 박혀 통증을 느낄 때 그 이물질이 더 상처를 만들지 않게 하려고 생겨난다고 한다.

보통 마음의 아픔과 상처, 고통이 만들어 내는 성장을 비유할 때 인용하기 좋은 현상이다.

하지만 만약 박힌 조각이 아픔과 통증을 만들지 않는 무덤덤한 조개라면 굳이 애써 진주를 만들 이유가 없다.

조개는 무덤덤하고 행복하게 살 수 있다.

작은 것에도 아파하는 조개는 더 많은 진주를 만들어야 살 수 있다. 진주를 만들지 못한 조개는 스트레스로 죽거나 아픔을 느끼지 않으려 감각이 무뎌질 것이다.

높은 해상도로 더 예민하게 사는 사람들은 고통스럽다. 고통스럽게 하는 것들이 더 많이 보이기 때문이다.

그러려니 사는 것은 좋은 방법이다. 그러나 진주를 만들지는 못한다. 만들어진 진주는 조개 밖에서 보이지 않지만, 그 안에서 의미를 가진다.

진주를 뱉어내어 남에게 보이는 것만이 의미 있지는 않다.

진주를 뱉어내는 것은 부끄러운 일이다.
고통과 예민함을 고백해야 하기 때문이다.

이렇게 세상에 나온 당신의 말은 나에게 진주가 된다.

230119

맛있는 요리

잘 만들어진 요리에 요리사의 의도가 담기듯
잘 쓰인 글에는 글쓴이의 의도가 담겨져 있다.

잘 쓰인 글이라고 한정하는 이유는 이 글처럼 의식의 흐름으로 쓰인 글은 요리라기보다 재료들을 한 냄비에 담아 놓은 것에 불과하기 때문이다.

각각의 재료가 어떤 특성을 갖는지 이해하고 의도한 조리법에 적합한 크기로 단어를 손질한다.

특히 한 사람을 위한 요리는 그 사람이 먹기에 편한 질김 정도나 크기를 고려한다.

요리의 맛은 너무 싱거워서도 안 되며, 너무 자극적이어서도 안 된다.

가끔 먹는 요리는 자극적일 필요가 있으나, 자주 먹는 요리는 질리지 않게 감칠맛이 나도록

211006

리바이어던

〈쥬만지〉나 〈아바타〉에 나오는 낯선 정글의 밤중에 덩그러니 혼자 떨어졌다고 상상해 보자. 낯설고 징그러운 벌레와 짐승들은 서로 다른 각각의 개체이지만, 나에겐 당황스럽고 위협적인 존재의 그룹이라는 문맥을 공유하기 때문에 정글은 하나의 거대한 개체로 다가온다.

새로운 세상에 적응하는 것은 낯선 정글에 떨어진 것처럼 스트레스를 수반한다.

입학식이 막 끝난 1학년, 신입 사원, 신병 등 같은 한국어로 이야기해도 고유한 맥락을 가진 언어를 쓰기 때문에 그렇다. 차라리 외국어라고 생각하는 것이 나을지도 모르겠다.

방금 들어온 신입에겐, 서로 다른 개체도 하나의 리바이어던으로 인식되며, 그 특징이 뚜렷할수록 하나의 그룹으로 바라보게 된다. 내가 좋아하지 않는 그 사람과 나도 새로 온 사람에겐 하나의 정글로 느껴지는 것이다.

더욱이 긴장한 탓에 제한된 사고력은 직관적으로 정보를 처리하게 하고 두세 번의 경험으로 일반화된다.

특히 리바이어던을 처음 마주하는 사람일수록, 더 성급하게 일반화하고 좌절한다.

많이 긴장하고 에너지가 부족한 사람일수록 구분할 수 있는 에너지의 결핍으로 많은 정보를 하나로 압축해 생각하게 된다.

그렇지만 힘들어하면서도 그들의 말을 배우며 어느새 유대감을 느끼고 그들의 일부가 된다.

시간이 흐르고 익숙해지면 전에 있던 곳의 말을 까먹고, 지나치게 몰입한 나머지 본인 고유의 언어마저 잊게 된다.
자신의 이름에 담긴 소중한 의미마저도.
그 지경에 이르러서는 돌아가는 것이 오히려 새로운 리바이어던의 아가리 속으로 들어가는 꼴이라 차라리 이곳에서 편안함을 느낀다.
노예로 오랜 시간 살아온 사람에게 자유는 달갑지 않듯, 그렇게 그 사람은 리바이어던의 일부가 된다.

210901

당연함이라는 배경

어느 날 물가에 있는 벚나무에서 꽃잎이 천천히 떨어지는 것을 보았다.

물 위에 떨어진 벚꽃 잎은 한참이나 떠 있다가 어느 순간 가라앉았다.

행복하고 빛나던 순간은 그렇게 물속으로 천천히, 조금씩 가라앉아 배경의 일부가 되었다.

그리곤 익숙함과 당연함으로 변해 색을 잃고 사라진다.

눈으로 보고 있다고 해서, 실제로 보고 있는 것은 아니다.
차라리 보고 싶은 상태가 보고 있는 것에 가깝다.

관심과 마음을 기울여 마음의 눈과 시선으로 이름을 붙이는 것이다. 대체할 수 없는 특별함을 부여하는 것이다.

그러나 마음은 멈추어 있는 것이 아니다.

나의 사랑, 나의 아픔, 그리고 다시 남이 되기까지,

빛나던 마음은 가라앉아 조금씩 당연해지고 마음의 눈으로
보지 않을 때, 이내 배경의 일부가 된다.

210911

아키텍처와 플레이어

전역하고 대기업에서 일하고 있는 선배와 이야기를 하다가, 데이터 사이언티스트라는 직렬에 대한 전망을 이야기하고 있었다. 회사의 친한 지인이 그 포지션의 직업을 맡아 일하고 있다고 했다.

최근 전문성을 인정받아 인력시장에서 억대 연봉을 받는다는 데이터 사이언티스트가 돈은 많이 받지만 사내 영향력과 대우에서는 MD들에게 밀린다는 이야기였다.

이유는 아키텍처를 설계하는 사람과, 플레이어 중에 성과는 플레이어들이 만들어 낸 결과가 되기 때문에 논공행상을 할 때 아키텍처가 후순위가 된다는 것이다.

생각해 보니 나부터도 달에 간 닐 암스트롱은 기억하지만, 닐 암스트롱이 타고 간 우주선을 설계한 사람은 기억하지 못한다.

221228

3D—ependency

새로 심은 나무는 받침목이 필요하다. 혼자 성장할 수 없는 시기로부터 출발한다. 어떻게든 지지받지 못한 사람은 가느다란 나무처럼 약한 바람에도 쉽게 쓰러진다.

비 오는 날 문 앞에 세워 둔 우산도 그렇다. 벽에 기대어 놓은 우산은 불안하다. 아슬아슬한 균형을 잠시 맞춰 놓았을 뿐이다. 3차원에서 서 있으려면 최소한 세 개의 축이 필요하다.

한 축에 100퍼센트 의존하게 되면 과의존이 되어 무너지게 되고 돌이키기 어렵다. 또한, 서로의 전체 의존량과 의존도를 곱한 벡터값의 합이 균형을 맞춰야 지속 가능한 상태가 된다.

임계점을 넘어 쓰러지기 시작하면 쉽게 돌이키기가 어렵다. 의존량과 의존 비율은 사람의 마음이기 때문에 멈추어 있는 상수가 아닌 변수이다.

210924

양념게장

어머니가 태안에 놀러 가셨다가 게장을 보내 주셨다. 양념게장은 정말 맛있다. 그렇지만 껍데기를 이로 부숴 가며 발라 먹는 과정은 수고스럽다.

발라져 있는 게장처럼 이상적인 상태를 바란다.
하지만 대부분은 이상적이지 않고 그 차이는 결핍이 된다.

결핍은 바라는 것을 줄이거나, 바라는 것을 얻어 내야 해소되지만 무엇 하나 쉬운 일은 아니기 때문에, 현실을 이상적인 것처럼 의도적으로 착각하거나, 이상을 여우의 신 포도로 격하시키는 것은 매력적인 선택지가 된다.

하지만 마음속에 남은 허영심과 타협의 존재는 무의식에 상처를 만들고, 라벨 뜯긴 감정이 되어 가끔 통증을 유발하지만 왜인지 알 길이 없다.

자신에게 자비로워 스스로를 용서한 사람은 허영심과 두려움의 딱딱한 게 껍데기를 부수고 나와 결핍을 받아들이며, 비로소 이상을 향한 진정한 발걸음을 내딛는다.

비록 이상에 미치지 못한다 한들 그 과정에 의미가 있다.

어머니가 보내 주신 게장에 보기보다 살이 많지 않았지만 그
래도 양념이 맛있었다.

210916

원죄

A: 예수 믿고 천국 가세요.

B: 어떻게 믿어요?

A: 교회에 나오셔야지요.

B: 안 가면요?

A: 지옥에 가지요.

B: 저는 죄가 없는데요?

A: 모든 인간은 죄인입니다.

B: 왜죠?

A: 아담이 사과를 먹었기 때문이지요.

B: 저는 모르는 사람인데요?

A: 우리는 모두 아담의 후손입니다.

B: 그걸 어떻게 알죠?

A: 세계적 베스트셀러인 성경에 나와 있지요.

B: 저는 그래도 잘못이 없는걸요.

A: 아뇨 태어난 것부터 원죄가 있다니까요?

B: 그러면 모든 부모는 범죄자를 만든 교사범인가요?

사실이다.

공수래공수거. 근본적으로 우리가 날 때 가진 재산은 0원이다.
이 말은 부모를 제외하고 아무도 지불 능력이 없는 당신에게 그
어떤 대가도 없는 부가가치를 제공할 동기가 없다는 것이다.

빈털터리지만 아침, 점심, 저녁으로 4시간마다 꼬박꼬박 고
파 오는 배는 생물학적인 죽음의 존재를 일깨워 준다.

돈이란 것은 가진 만큼 다른 무언가를 구매할 수 있다는 숫
자인데 날 것의 공수래 상태는 자연에 널린 우라늄 238[1]처럼
가치 없는 것이며, 가진 것 없이 밑 빠진 독을 끊임없이 채우
기 위해 원심분리기에 들어가 고통을 견뎌 내고 우라늄 235[2]
처럼 가치 있는 것으로 정제된다.

빛나는 우라늄 235는 고통을 버티고 이겨 낸 만큼 높고 강한
힘과 가치를 가지게 된다.

---

1) 우라늄 238: 자연에 풍부하게 존재하는 우라늄, 전체 우라늄의
   99.2%를 차지한다.
2) 우라늄 235: 극소량 비율로 존재하며 농축하여 핵연료와 핵무기로
   쓰인다.

오늘도 나의 유지에 필요한 것들은 늘고, 밑 빠진 독의 구멍은 점점 커져 간다.

이동의 자유를 위한 휘발유 몇 리터, 살기 위한 ATP[3]가 들어 있는 탄수화물과 당류, 사회적 품위를 지키기 위한 상수도와 계면활성제, 냄새나지 않는 하수도, 잠들기 위해 필요한 무너지지 않는 철근콘크리트, 세상과의 연결을 위해 그 사이를 비집고 들어오는 교류 전기와 플라스틱들이다.

이 모든 것을 구하러 다니기에는 하루가 너무도 짧아 대신해 주십사 하고 버는 돈은, 목표를 잊고 반복되는 근시안적 일상에 감사함을 잃게 한다.
하지만 동시에 그런 것들을 필요로 하는 나약한 인체에 안타까움을 표하며, 오늘도 묵묵히 생존해 나가는 바퀴벌레 선생에게 경외심을 느낀다.

그래도 출근하기 싫은 마음은 좀처럼 가시질 않는다.

211004

---

3) ATP(Adenosine Tri Phosphate): 세상의 모든 생명체가 생체 활동을 하는 데 필요한 에너지원.

순응과 적응

점심시간이 가까워질 무렵 사무실의 병사에게 물었다.

"군대에 들어와서 가장 이해 안 되는 게 뭐야?"

"음…, 처음에는 많았는데, 이제는 기억이 잘 안 납니다."

그리고 페인포인트(Pain Point)에 대한 글을 쓰고 싶어졌다.

나는 근본적으로 게으른 사람이다. 그래서 더더욱 길을 돌아가는 것을 싫어하고, 노력 대비 성과를 가성비라 한다면 성과를 내려고 한다기보다 노력을 줄여서 효율을 뽑아내는 전형적인 게으른 꾀돌이다.

그래서인지 항상 무언가를 할 때마다 조금 더 쉬운 방법이 있을 것이라는 기대가 있었고, 산업공학과에서 최적화라는 학문의 기틀을 닦고 조금 더 그럴듯하게 게을러지기 시작했다.

스타트업 대회를 나가면서 사업기획서, 투자보고서를 써 본 적이 있다.

거창해 보이지만 타겟 고객 세그먼트를 정하고, 구매력과 유저스토리(User story)라고 부르는 구매 여정 그리기, 선두 주자인 퍼스트무버(First mover)를 따라잡기 위해 패스트팔로우(Fast follow)하는 작은 규모의 스타트업이 고객의 페인포인트를 찾아 지름길을 통해 경쟁력과 차별점을 만들어 나가는 간단한 구조이다.

이러한 맥락에서 눈여겨볼 점은 고객의 타겟마다 느끼는 페인포인트가 다르다는 것이다. 이미 태어날 때부터 여러 서비스에 익숙하고, 효율적인 상태의 디지털 친화적 구조 속에서 살아온 10대~20대에게 군대나 큰 조직의 절차는 불편하게만 느껴진다.

그렇지만 세상에 100%는 없으므로 작은 변화도 반드시 리스크가 있고 비대한 조직일수록 안정성이 중시되어 의사결정은 편의성과 효율성을 중심으로 흘러가기보다 안정성과 지속가능성을 중심으로 흘러가기 때문에 빠른 변화를 기대하기는 어렵다.

문제는 여기서 발생한다. 낯선 정글에 온 사람은 정글을 하나의 개체로 마주하지만 적응하는 시간이 지나고 나면 불편하고 낯선 상황에 적응해서 느끼고 있던 여러 페인포인트를 망각한다.

이 망각은 지속적인 면에서는 축복이지만, 발전적인 측면에서는 부정적이다.

변화시키기 어려운 오래되고 거대한 조직에서는 결국 나의 불편함을 없애는 것이 하나의 개인으로서 합리적인 방향일지 모른다. 하지만 그럼에도 느껴지는 불편함을 애써 모르는 척하고 잊어버리게 되면 동시에 고유의 언어와 색깔을 잃게 되고 잿빛 배경에 잠식되게 된다.

그렇다고 불편함을 직면하고 살자니, 가시 박혀 아픈 발을 계속 절면서 걸어가는 것은 쉽지 않은 일이다.

하지만 보기 싫은 것이 있다고 눈을 감아 버리거나 스스로 눈을 찔러 실명시키는 것은 인생을 마주하는 바람직한 자세로 보기에는 어려운 것 같다.

회피하기보다는 직면하고 개인의 색을 잃지 않는 범위에서 불편함을 감내하며 살아간다면, 패인(敗因)포인트를 느끼는 것에 감사하며 여러 아이디어를 만나고 개인이 가지는 고유의 언어와 다채로운 색깔, 발전과 성취로 조금 더 해상도 높은 삶을 살 수 있지 않을까 생각한다.

이런 생각과 느낌을 담은 글이 써지는 것도, 불편함을 감수한 덕인 것 같다는 생각이 든다.

그 고통 덕분에 맛있는 매운 음식처럼 고통은 꼭 나쁜 것만은 아닌 듯하다.

230106

불광불급

"미치지 못하면 미치지 못한다."
고등학교 3학년 학급 교훈이었다.

풀어쓰자면, 미친 듯이 몰두하지 않고서는 전문가의 경지에 도달하지 못한다는 의미였다.

치열한 대학입시 경쟁 속에서 상위 몇 퍼센트만이 인서울 대학에 입학할 수 있는 구조이기 때문에 사실 너무나 당연한 말이다.

남들만큼 해서는 남들만큼의 결과만 나오는 것이 통계적으로 자연스러운 현상이기 때문이다.

하지만 이 논리에는 함정이 있다. 인생은 운칠기삼이기 때문이다. 운칠기삼이란 성공에서 노력은 30퍼센트 정도, 그리고 운이 70퍼센트를 좌우한다는 것이다.

그렇다고 운에만 기댈 수도 없는 것이, 30퍼센트의 노력을 투자하지 않은 사람은 운이 눈앞에서 지나가도 보이지 않아서 기회를 잡지 못하기 때문이다.

불광불급이라는 것이 미치지 못하면 미칠 수 없다는 것이지, 미치면 미친다는 것이 참이라는 것을 보증한 적은 없었으니 참 교활한 교훈이구나 싶었다.

200921

소고기

누군가 나에게 "소를 먹어 보았는지" 물어본다면 망설이지 않고 "당연하지"라고 대답할 것이다.

왜냐면 이 대화에서 소는 한 마리 전체를 머리부터 발끝까지 다 먹어 보았는지 물어보는 것이 아니라, 통상적인 소고기의 한 부위를 뜻하는 말이기 때문이다.

4년간 나름 열심히 공부한 전공에 대해서도 그것이 무엇인지 뾰족이 설명하기가 어렵다.

머리부터 발끝까지 먹어 보진 않았기 때문이다.

설명할 수 없는 이유는 소 발꿈치를 조금 먹어 보고 소고기의 맛에 대해 논하는 것이 스스로 부끄럽기 때문이다.

어떤 사람은 바싹 구운 냉동 부챗살을 먹고 소고기가 별로라고 생각할 수도 있고, 오마카세에서 마리당 몇 그램 나오는 부위만 먹어 본 사람은 소고기를 예찬할 수 있다.

우육면만 먹어 보고 소고기를 논평하는 사람이 많다.

일 년 살아 보고 백 년짜리 계약을 하는 사람이 많다.

첫 번째 사업이 잘될 것이라 생각하는 사람이 많다.

그런 사람이 되지 말아야지.

201020

양자역학

추상적인 업무 지시는 단기 장교의 대거 전역 사유이면서 초급 간부의 가장 큰 애로 사항이다.

"알아서 잘해"라는 식의 지시를 하고, '잘되면 내 덕분 안 되면 너 때문' 상태가 중첩된 추상화된 상태는 양자역학의 명사 슈뢰딩거의 고양이와 맥을 같이한다.

"상황을 고려한 유동적이고 적극적인 단호한 대응" 같은 문장은 말하지 않음만 못 하다. 사후에 해석할 수 있는 여지가 많기 때문이다.

마키아벨리는 말했다. 최악의 지도자는 잘못된 결정을 하는 사람이 아니라, 아무 결정도 하지 않는 사람이라고.

230104

초파리

바다 위를 지날 때 비행기의 작은 창밖으로 내다보면 바다는 멈추어 있는 듯하다.

한강 다리 위에서 강을 보아도, 동해 바다를 보아도 멈춘 듯하지만, 가까이 가면 금세 요동치는 것이 느껴진다. 능선 정상에 올라 켜켜이 들어선 산맥을 보면 멈추어 있는 산이 파도처럼 굽이치는 듯하다. 긴 시간을 줄여 바라보면 산이 솟아나고 꺼지는 것은 바다의 것과 비슷하다.

전에 살던 오래된 관사에서, 어느샌가부터 초파리가 생겨났다. 바나나 껍질에 주로 붙어서 집에 들어오는 초파리는 바나나를 계속 사 오니 좀처럼 사라지질 않았다.

초파리를 죽여 없애던 나는 초파리 처지에서 죽지 않는 저승사자겠다 싶었다.
인간이 초파리보다 크고 지능이 높은 고등 생물이라지만 무한한 우주와 끝없는 시간 속에서 초파리와 나는 아주 작은 것임에 큰 차이가 없다.

같은 공간과 시간에 마주쳤다는 것은 태초부터의 생존이라는 유전적 목표 달성 관점에서도 별반 차이가 없다.

여기서 내가 초파리 하나를 죽여 내는 전술적 승리를 얻을 수 있을지언정, 먼 미래 마지막 인류의 시체에 비웃듯 꼬여 있을 초파리의 비행은 궁극적인 생존의 관점에서 초파리의 승리 가능성이 훨씬 높다는 생각을 하게 만든다.

초파리의 열흘 정도의 짧은 평생에 나의 인생이 어영부영 흘러가는 동안, 수많은 유전적 진화를 통해 변화하는 초파리의 적응력은 단순 계산으로도 개체 간 기하급수적인 차이를 보인다.

짧은 수명으로 세대 간 바톤 터치가 잦은 것은 각각의 단일 개체에게 가혹할 수 있으나, 잦은 정기 인사와 빠른 세대교체처럼 깊지 않지만 넓은 분포를 커버할 수 있게 된다.
그런데 이런 생물이 죽지 않는 영생을 얻어 손실 없이 경험과 적응력이 축적된다면 어떨까 하는 생각이 든다.
양자컴퓨터와 AI가 상용화되고 넓으면서 깊고, 멸하지 않으며 진화하는 로직은 혁신적이고 천재적인 인사이트를 가진 저승사자 같은 논리구조가 된다.

나의 시간이 느리게 흘러가는 동안, 초당 수천 번의 계산으로 슬픔과 관계없이 태어나고 죽는 거시적이면서도 미시적이며, 방대한 세상의 구조 속에서 게슈탈트의 명징으로 만든 SCI급 논문의 데이터베이스를 능가하게 될 세상이 오면 인간은 어떤 가치를 증명하며 살게 될 것인가.

누군가 말했다.
지식의 시대에서 생각의 시대, 그리고 이제는 느낌의 시대라고 했다.

고유의 느낌과 언어, 고유의 시선이 가치를 증명하는 시절이 올 것 같은 생각이, 그랬으면 좋겠다는 느낌이 들었다.

230109

연금술

화학을 뜻하는 Chemistry의 어원은 Alchemist, 연금술이라는 단어로부터 생겨났다. 연금술사는 금을 만들어 내는 것을 목표로 연구하던 화학자들이다.

철과 물, 자갈, 모래 따위로 금을 만든다고 하면 믿을 수 없지만, 적절히 배합하여 만든 철근콘크리트 건물의 가격은 금만큼이나 비싸다.

사실 적은 양의 금이라면 구하는 것은 어렵지 않다. 금의 속성은 어떠한 가치를 저장하는 것이기 때문에, 결국 어떤 재화나 노동력, 부가가치를 기반으로 손에 넣을 수 있다. 만약 19세기 영국에 사는 사람이었다면, 일을 하고 받아 가는 화폐 15파운드를 가지고 금 1파운드(453.59그램)를 교환해 낼 수 있다. 보물 상자를 발견한 사람이 기뻐하는 이유는 왜일까? 누군가 그 보석을 받고 그 사람을 위해 일해 줄 의무가 생겨나기 때문이다. 보석의 값비싼 가격은 보석에 저장된 노동력과 부가가치를 상징한다.

노동력과 부가가치는 경제적 지배구조에서 파생된다.

어떠한 재화의 수요는 가격을 형성하고 그 가격은 구매력을 가진 자의 노동과 부가가치의 지배구조에서 출발하며, 구조의 불균형은 부의 쏠림현상을 야기한다. 이 때문에 시간이 지날수록 자본을 가진 사람들에게 가능성과 기회가 많아지고, 격차가 벌어질수록 계급은 공고히 된다.

모든 인간은 태어남과 동시에 숭고한 생존 의무를 진다.

모든 인간은 네다섯 시간마다 물리적으로 배고프며, 또한 정서적으로 배고프다.

이 때문에 관계를 통한 정서적 배부름과 식사를 통한 물리적 배부름을 필요로 하고, 부가적으로 관계를 위해서 요구되는 제반 비용을 지불하기 위해 마땅히 의무를 진다. 돈을 벌어야 하는 의무다.

나는 오늘 새로 옮긴 숙소에 놓을 물건들을 사기 위해 다이소에서 3만 원어치 물건을 샀다. 방에 돌아와 정리하다 보니 'MADE IN CHINA'라는 글자가 없는 물건이 없다.

가만 생각해 보니 이 물건을 만든 CHINA의 누군가에게 내가 나라를 지키는 비용이 언젠가 돌아간다. '원화에 잠시 저장된

내 노동력은 서플라이체인을 타고 중국의 누군가에게 돌아가겠네.'라는 생각 뒤에 잠시 방 안의 모든 물건을 생각해 본다.

내 아이폰은 폭스콘 공장에서, 침대, 의자, 이불, 식탁, 방 안의 모든 것은 중국으로부터 왔다. 이 돈을 받은 서플라이체인의 모든 사람에게 갚아야 할 돈을 생각해 본다. 뉴스에 나온 중국인은 서울과 인천의 집을 어떻게 살 수 있었을지에 대해 생각해 본다.

연금술은 지금도 곳곳에서 행해지고 있다. 가지고 싶은 것을 가질 수 없는 사람, 모든 서사의 주제다. 누가 무엇을 가지고 싶은지, 왜 가지고 싶은지가 궁금하다.

모든 것을 가질 수 있을 것 같은 편의점의 아름다움과 각각의 물건들이 최종 소비자에게 도달했을 때 빛나며 살아나는 서플라이체인 또한 아름답다.

나는 어떤 것을 가지고 싶은지 궁금하다. 그리고 나의 무의식은 어떤 것을 가지지 못해 고통스러워했는지도 궁금하다.

221226

벡터값

흔들리는 지하철에 앉아

심호흡을 하고 눈을 감는다.

가까운 우주의 어느 곳

텅 빈 공간을 떠올린다.

당신은 하나의 점이다.

하얗고 작고 동그란 점이다.

앞을 보고 옆을 본다.

위를 보고 아래를 본다.

마음의 화살표는,

생각은 어디로 가고 있었는지 생각한다.

얼마나 큰 화살표인지

그 화살표 끝에 뭐가 있는지

그리고 화살표를 바라본다.

거친 화살표인지

부드러운 화살표인지

과정에 집중해 본다.

눈을 뜨고 자리에서 일어나 걸어간다.

오른쪽으로 가고 있는 지하철을 느낀다.

지하철에서 내려가던 방향을 생각하며 걸어 나간다.

220426

상상

몇 달 전까지도 꿈과 상상의 한계는 없다고 생각했었다. 그
런데 문득 이런 질문이 떠올랐다.
"상상 속에서라도 지구를 삼켜 본 적이 없다."

시끄러운 세상의 소음과 불가능하다는 말에, 상상에 뒤이어
따라오는 현실과의 괴리가 주는 고통 때문에, 현실에서 불가
능한 것은 상상하기도 어렵다.

니체는 하루의 3분의 2를 본인을 위해 쓸 수 없는 사람은 관
리자이든 사업가이든 학자든 누구나 노예라고 말했다. 일이
너무 바빠 친구나 가족을 만날 수 없는 사람이 어떻게 감히
그 삶의 주인이라 말할 수 있느냐는 것이다.
영혼이라도 노예가 아닌 자유인으로 살아가고 싶어서 오늘
도 하루 종일 미뤄 두었던 상상을 한다.
잠깐 놀러 가는 상상부터 한글이 세계 공용어인 상상, 수만
년을 더 살다가 태양이 꺼지고 세상이 조용해지는 상상, 오랜
시간 우주를 외롭게 떠돌다가 반가운 친구들을 만나 한바탕
노니는 꿈을 꾸는 상상, 그 꿈속에서만큼은 차라리 너무 바쁘

고 힘들어도 시끄러운 세상 소리에 묻혀서 우주가 그만큼 조
용하고 외로운 곳인지 잊고 살았으면 좋겠다는 상상.

그렇게 꿈에서 깬다. 망각이란 정말 고마운 것이다.
아는 것은 힘이고, 모르는 것은 약이다.

220426

Rapport

라포(Rapport)는 불어를 어원으로 하는 단어로 '가져오다', '참조하다'라는 뜻의 프랑스어이다.

주로 심리학에서 사람과 사람 사이의 상호 신뢰 관계를 말할 때 라포를 형성한다는 표현으로 쓰인다.

여러 리더십 책에서 말하는 방법론들은 기저의 진실하고 솔직한 마음, 즉 진심을 근간으로 하는 리더십에 대해 말하는데, 어떤 말을 해야 한다는 지엽적인 수단부터 진정한 인간관계를 넘어 아가페적 사랑까지의 과정에서 반드시 거쳐야 하는 중추적인 역할을 라포 형성이 맡아 하고 있는 것이다.

특히 MZ 세대들이 사회 전반에 등장하면서 조직을 위한 개인의 희생이 당연시되는 구조가 점차 깨어지고, 개개인이 특별하고 소중하다는 인식과 평생직장이라는 개념이 희미해지는 흐름 속에서 위계적인 규율의 압력은 반발심을 불러일으키며, 라포 형성을 기반으로 하는 아가페적 리더십이 그 대안으로 떠오르고 있는 것이다.

하지만 조직 사회에서뿐만 아니라 사적인 영역에서의 진실한 라포 형성은, 수평적인 관계에서의 유대감으로 더욱 튼튼하고 안정적인 삶을 만들 수 있다.

다만 칸트의 정언명령이 말하고 있는 것처럼 리포 형성을 사람 자체가 아닌, 다른 목적을 달성하기 위한 하나의 수단으로 이용한다면 돌아오는 것은 수단화된 인간관계에 불과하다.

211231

개논리-1부

우리나라에는 이상적인 육아의 대전제가 있다.
'내 자식 남부럽지 않게 키워야지.'

이 말은 분유 광고에서부터 상견례 때까지 부모가 지켜야 할 바람직한 덕목으로 요구되는데, '남부럽지 않기'를 해결하기 위해서는

1. 부러운 남이 없거나
2. 안 부러워하기 중 골라야 하는데

정보사회에서 아이가 인스타에만 가입해도 부러운 남들 자랑 천지이기 때문에 2번은 불가하여 1번을 시행하기 위해 '맹모삼천지교'라는 미명하에 레이스를 시작하고, 은마아파트의 낡은 철근콘크리트를 금값으로 만들었다.

학원비로 백만 원을 우습게 쓰면서 과열된 레이스는 목적을 상실하여, 아이는 경주마로 전락하고 부모의 '남부럽지 않게

키웠다.'의 자랑 수단으로 전락하기도 한다. [4]

그 아이들은 재능(선천적인 지능 혹은 노력이라는 재능으로 얻은 후천적인 스킬)에 따라 정렬되어 등급을 부여받고, 등급에 맞는 대학에 간다.

부모가 가하는 힘의 방향과 일치하는 벡터값과 재능이라는 추진력을 가진 아이는 가속되어 쾌속 순항하지만, 반대 방향이거나 정지해 있던 아이는 의도와 다르게 끌려가게 되고, 억지로 대학까지 왔다 해도 부모가 손을 놓으면 이내 표류하게 된다.

다행인지 우리나라는 결혼까지 시켜야 육아의 종료라고 간주하므로, 남자는 3~5년차 직장인인 30대 초반, 여자는 20대 후반에 각자의 집에서 사귀는 사람은 있는지, 결혼 이야기가 슬슬 나오며 보통 압박에 순응한 순서대로 결혼을 하고 분위기에 휩쓸려 결혼한다.

또다시 자의가 아닌 타의와 주변에 의한 판단으로 피동적으로 끌려다니던 아이는, 부모가 손을 놓고 어느 단계에서든 표류하게 된다.

---

4) 〈스카이캐슬〉.

그리고 그제서야 "지금 나는 어디로 가는 거지, 내가 원하던 게 이건가."라는 생각을 하고 멈춰 생각하지만, 꽤 많은 기회와 시간은 이미 지나쳐 왔으며, 집에 돈이 많으면 늦은 나이여도 '턴 백'을 하고, 그렇지 않다면 인내하며 타협하고 '킵 고잉'하며 불행한 삶을 살아간다.

(2부에서 계속)

개논리-2부

노력에 대한 리턴이 꽤 공정한 우리나라에서, 끊임없이 노력했던 사람은 그래도 적잖은 기회를 잡았고 어느 방향으로 달렸든 꽤 많은 거리를 달려 나왔을 것이며, 열심히 달려왔을수록 뒤돌아가기엔 먼 거리처럼 느껴진다.

처음부터 다시 시작하기엔 인내의 숲에서 자유낙하 하는 것에 버금가는 상실감을 감내해야 한다.

이를 아깝게 생각하는 것은 '매몰비용의 오류'로 자연스러운 심리 현상이다.

초음속 콩코드 여객기를 개발할 때, 망할 줄 알면서도 기존에 투입한 100억이 아까워 10억을 추가로 투입했던 일이나, 이미 비싼 돈을 내고 돈이 아까워 맛없는 음식을 꾸역꾸역 다 먹는 행동과 같은 맥락이다.

기존에 투입한 매몰비용이 없었다면 당연히 선택하지 않았을 것을 지금까지 한 게 아깝다는 이유로 선택하는 것이다.

합리적인 결정을 위해 분리해서 생각할 필요가 있다.

매몰비용을 고려해서는 안 되며, 다시 말해 이미 지나간 시간을 후회하는 것은 무의미하다는 말과 같다.

그렇다고 지금 쥐고 있는 모든 것들이 무의미하다는 것은 아니다. 가지고 있는 차, 집, 직장, 능력, 커리어는 현존하는 것이며 앞으로의 선택에 영향을 미치기 때문이다. 돌이킬 수 없는 것은 딱 한 가지, 시간이다.

어린아이에게는 하루가 아주 길게 느껴진다. 모든 것이 새롭기 때문이다.

요즘에도 하루 정말 길었다고 느끼는 날은, 새로운 사건들이 자주 일어난 하루다.

마치 비슷한 데이터를 묶어 압축하여 저장하는 것처럼 사람도 비슷한 사건들은 압축하여 저장하고, 새로운 사건과 경험들을 연상시켜 저장하기 때문에 올해 전반기가 빨리 지나간 것처럼, 루틴한 하루하루는 끝에서 돌이켜 봤을 때 빠르게 지나간 것처럼 느껴진다.

실제로 어떤 연구 결과에 따르면, 생체시계는 수명에 따라 가속되어 나이가 들수록 하루가 짧게 느껴진다고 한다. '나이에 따라 하루가 짧아진다.

사람들은 한평생이 백 년 정도라는 걸 알고 있다.

나도 당연히 백 년 정도 살겠지 하고 생각하지만, 솔직히 나는 안 죽을 것이라고 생각하고 있다.
실제로 2019년 이스라엘의 한 연구에서는 우리 뇌가, 죽음은 다른 사람에게만 일어나는 것으로 생각하게 하여 실존적 공포를 막는다는 것을 발견했다.

하지만 산술적인 나의 기대수명은 79.7세이며 그나마 다행인 것은 세계 3위의 최상위 수준이다. (모나코 1위, 일본 2위, 미국 46위)

(3부에서 계속)

개논리-3부

80년, 지금껏 살아온 만큼 두 번 정도만 더 돌면 된다니 생각했던 것처럼 긴 시간은 아니다.

1925년 노벨문학상을 받은 문학가 조지 버나드 쇼는 자신의 묘비명에 "내 언젠가 이 꼴 날 줄 알았다."라고 썼다. 우리나라에는 근면함에 대한 격언이 조금 더 담겨 "우물쭈물하다가 내 이럴 줄 알았지."로 더 널리 알려져 있다.

시간은 쏜살같다. Time flies. 시간이 빠르게 느껴진다는 건 새로운 사실이 아니다.

주로 오랜만에 보는 친구를 만날 때 새삼스럽게 지나간 시간이 빠르게 흘렀음을 인식한다.

이처럼 시간은 가속되며 점차 빨리 흘러가기에, 찰나의 인생을 헛되이 살지 않기 위해서는 루틴하지 않게, 나날이 새롭고 색다른 경험을 쌓아야 죽음을 앞둔 날 회고할 때 긴 인생을 살았다고 느낄 것이다.

그렇다면 결국 당장, 오늘 하루를 지금까지 살아온 날과 다르게 살려면 어떻게 해야 할까?

새로운 경험을 하기 위해 여행을 하거나, 새로운 사람을 만나거나, 새로운 책을 읽거나, 지금껏 살면서 해 보지 않은 새로운 것을 해야 한다.

그렇지만 내가 하고 싶은 것만 하고 살기에는 만인에 의한 만인의 투쟁으로 자원이 유한하며 끝이 없는 사람들의 욕구, 우선순위 속에서 경쟁해야 한다.

경제사회에서 욕구를 충족시켜 주는 재화는 '돈'에 좌우되며, 결국 욕구를 채우기 위해서는 돈을 벌어야 한다.

돈은 시간과 바꿀 수 있는데, 물리적인 시간을 투입하는 노동력이나, 주식처럼 리스크를 수반하는 자본투자로 교환할 수 있다.

만약 돈을 벌지 않아도 되는 금수저라도, 마치 공짜로 주어진 것처럼 보이는 것도 결국은 부모 세대 혹은 조상의 노력 혹은 리스크 수반에 대한 리턴이다.

조상이 투자한 시간이나 노동력, 혹은 감수했던 위험이 돌아와 운 좋게 나에게 주어진 것일 뿐이다. 여기에는 돈뿐만이 아니라 노동할 수 있는 건강한 정신과 신체도 포함된다.

만약 자식을 낳을 계획이 없거나 자손의 번영을 위해 희생하고자 하지 않는다면, 개인에게 주어진 모든 시간과 자원을 활용하여 오늘과 내일, 앞으로의 미래에 가장 효용을 높일 수 있도록 행동하는 것이 행복을 극대화하는 방법이다.

돈을 기준으로 구체화해 보면 기대수명이 100살일 때 현재 만 25세인 나는 한 쿼터 살았고, 앞으로 일할 25년 동안 잔여 75년 인생을 살아가며 쓸 돈만 벌면 된다.

대기업 초봉 4천 / 말봉 1억이면 평균 7천인데, 우리나라 기준 소득세 24퍼센트를 떼면 5천 남짓, 월 실수령 440만 원이다. (성과금 제외)
그럼 한 쿼터당 한 달 생활비로 146만 원을 쓸 수 있다. (월세나 주택비용은 가변성이 커서 퇴직금과 같음)

그렇다면 벌어서 어떻게 써야 할지 지금까지 고민한 결과는 아래와 같다.

$$행복 = (젊음 \times 돈 \times 시간)^{상대성} + 의미$$

1. 젊음이 없으면 기력이 없어 놀 힘이 없고, 0이 되면 죽는다.

2. 돈이 없으면 당장 네다섯 시간 뒤에 배가 고프고 이내 굶어 죽으며, 어떤 재화나 서비스도 구매할 수 없다.

3. 시간이 없으면, 자유의 몸이 아니다.

4. 상대성은, 불편한 의자에 앉아 있다가도 옆에 누가 서 있으면 감사함을 느끼는 이치와 같다.
   상대적이면서, 높은 희소성을 갖는 경우에 행복은 급격히 증폭된다. 상대성이나 희소성이 0이 되면 '1' 수준으로 급격히 떨어진다.

내가 롤스로이스를 샀는데, 다음 날 전 국민에게 롤스로이스가 보급되는 경우처럼 의미(명예와 헌신 등)를 갖는 경우에는 그럼에도 행복할 수 있다. 합리화라고 하기에는 그 동력이 너무나 실재하기 때문이다.

결론적으로 행복해지기 위해서
(젊음 × 돈 × 시간)을 최대화하면 된다.

따라서 시간, 돈 많은 영 앤 리치는 x축이 나이, y축이 행복인
그래프에서 행복 그래프를 적분했을 때 최댓값을 얻을 수 있
다.

Ex. 경험적 소비: 〈타이타닉〉의 디카프리오 투어
　　　물질적 소비: 할부 외제차

실제로 죽을 때까지 일만 죽어라 하고 불행했더라도, 죽기 전
에 의미를 부여하여 강제 부양시키는 방법도 있다.
부정적인 것은 아니지만 자기 자신을 잘 속여야 한다.

돈과 시간이 없더라도 오늘 하루만이라도 작은 의미를 부여
하여 양의 효용으로 만든다면 조금씩 쌓아 행복한 인생을 만
들 수 있다.

맥스봉에 치즈는 드문드문 박혀 있지만 그래도 치즈 맛 맥스
봉이라고 하는 것처럼 인생에서 행복도 드문드문 있지만, 행
복한 인생이라고 부를 수 있다.

추신. 고려하지 않은 중요한 요소는, 누구와 함께하느냐는
것이다. 이는 개인 성향에 따라 고려하면 된다.
외로움을 많이 타면 혼자 하고 싶은 것을 다 해도 행복하지
않을 수 있다.

210403

찰흙

첫 직장에 들어갈 때 찰흙의 비닐을 뜯는다. (사회화)

속한 조직이 원하는 방향에 따라 찰흙은 조금씩 빚어지며 조직에 맞는 모양을 만들어 간다.
시간이 지남에 따라 조직의 언어를 쓰며 서서히 생각은 굳어가며 성공한 경험은 긍정강화를 통해 확신이 되고 표면까지 단단해져 옳고 그름에 대한 구분이 생기고 귀가 닫힌다.
초반에는 당연히 잘 몰라서 내가 틀릴 가능성이 높았지만, 점차 조직 내에서 말하는 보편적인 선악을 알게 되며 경험이라는 독 사과를 먹고 '짬 찬 아담'이 된다.

그렇게 구축된 생각과 생활양식은 '옳다는 것'으로 자리 잡으며, 웬만큼 큰 충격(자기부정)을 겪지 않고서는 잘 바뀌지 않고, 다 굳어 버린 찰흙 컵을 무리하게 수정하다 깨뜨리는 것처럼, 허용범위를 벗어난 변화는 사람을 망가뜨린다.

이렇게 탄생한 작품은 계속 사회생활을 하며 여러 사람을 만난다. 사회생활을 하기 전에는 비슷한 사람, 다른 사람 정도의 구분이었다면 점차 맞는 사람과 틀린 사람으로 구분이 명확해진다.

스트레스는 나와 다른 모양을 한 찰흙과 아귀를 맞추려 할 때 생긴다. 아귀가 안 맞는 다른 부분이 있으면, 본인의 생각을 깎거나 상대방을 꺾어 의지를 관철하거나, 혹은 물을 뿌려 흐물흐물하게 만들어 설득해야 한다.

우리나라에서는 주로 술이 뇌의 산소 공급을 낮춰 모난 부분을 흐물흐물하게 해 주는 역할을 한다.

누군가를 설득하고 싶다면, 그 사람의 마인드 모델이 흐물흐물해져 문지방이 낮아진 상태에서 접근하는 것이 좋다. 주로 행복하고 만족한 상황이다.

일례로 배고플 때보다는 만족스러운 식사를 하고 난 후, 일에 시달려 피곤할 때보다는 한가할 때가 좋다. 충분히 밀도가 높지 않다면, 꺾으려다 깎일 수도 있다.

200820

헬스장

헬스장을 갔다 와서 샤워를 하는데 뿌연 거울 너머로 보이는 실루엣이 아주 만족스러웠다.

이 근거 없는 자신감은 현대미술의 추상화와 맥을 같이한다. 베일에 싸여 있는 것은 벗기기 전까지가 제일 아름답다.

재밌게 본 소설을 보고 영화화된 작품을 봤을 때 실망하고, 소개팅을 나가기 전에 말이 잘 통할수록 기대가 커지고 기대가 크면 실망이 크다.

로또가 당첨될 것이라고 상상하며, 랜덤 박스에는 내가 원하는 것이 들어 있을 것이라고 기대한다.

추상적인 상태에서 구체화되었을 때 실망이 생겨난다.

200822

자존심과 부끄러움

수치심은 사람을 움직이게 하는 두 가지 동력인 외로움과 두려움 중 후자에 속하는 한 가지 요인이다.

부끄러움이란 다소 귀여운 단어인 듯 보이나, 사실은 치사율이 높으면서도 잔인하기 짝이 없는 사신에 가깝다.

보통의 경우에는 고통을 줄이기 위해 자동으로 부끄러운 기억을 편집하여 삭제되지만, 정도가 심한 경우, 특히 쌓아 온 명성이 높거나, 잃을 것이 많거나 삶과 직업의 가치에 명예 의존도가 높을수록 인터넷 기록이나, 행적을 공개하는 것이 수치스러운 경우 이 귀여운 사신은 차라리 목숨을 끊을 만큼의 용기를 선뜻 내어 주기 때문이다.

그래서 부끄러움이란 두꺼운 강철 방패와 같아서
쏟아지는 비난의 화살을 막기 위해 들고 있어야 하지만, 내려놓았을 때 맞는 한 방에 치명상을 당할 수도 있어, 내려놓기 어려우면서도 무게감에 짓눌려 쓰러질 수도 있는 위험한 것이 된다.

자존심 또한 두려움에 종속되는 요인이다.

자존심이 중요한 사람에게 자존심이란 본인의 가치를 인정받고 존재감을 증명할 수 있는 중요한 수단으로서 의미를 갖기 때문이다.

즉 자존심을 내려놓는 것 자체가 무시를 당할까 봐 두렵거나 자존심을 통해 악착같이 일궈 온 성과가 본인을 증명하는 경우에 존재가치를 상실하는 것은 공허한 우주에 버려지는 것 같은 느낌을 주기 때문에 이 영역에 접근하는 경우, 위협을 느끼고 딱딱한 껍질 뒤에 몸을 웅크리고 날 선 집게로 위협하게 된다.

220202

강아지

삐죽 내려간 입꼬리의 무표정한 아저씨는 신나서 꼬리를 흔드는 강아지를 산책시키고 있었다.

아저씨의 시선은 주변 풍경보다 강아지의 꼬리를 좇았다.

입꼬리가 웃는 듯 올라간 강아지는 헐떡이며 꼬리를 흔들면서 이리 갔다 저리 갔다 하지만 아저씨는 무덤덤하게 방향을 잡으며 천천히, 조금씩, 앞으로 걸었다.

강아지를 아끼는 것은 아마도 차가운 세상살이에 신나 본 지 오래된 동심을 아끼는 마음일까 싶었다.

211024

무지

모르는 게 약이다. 아는 게 힘이다.

잘 모르는 것은 그것이 사람이든, 물질이든 비물질이든 무지의 베일 속에서 완벽함으로 상태로 존재한다.

문제와 단점은 모르는 게 약이다.
하지만 그 문제가 언젠가 나에게 해가 될 수 있다면, 대처하는 법은 아는 것이 힘이다.

조개 속에 돌멩이가 들어가면 뾰족한 돌멩이가 계속 부드러운 살을 찌른다.

아픈 조개는 조금씩 돌멩이를 감싸 둥그렇게 만든다.
돌멩이는 점점 아름다운 진주로 바뀌어 간다.

게으름과 불편함이 공학을 발전시키듯, 고통과 외로움은 철학과 심리학을 발전시켜 왔다.

스트레스가 없는 사람은 생각할 필요가 없고, 행복한 사람은 행복에 대해 고민하지 않는다.

그러니 오지 않은 문제를 미리 당겨 아플 필요는 없다.
이 사람은 어떤 단점이 있을까 미리 걱정할 필요도 없다.

눈이 나빠져 사람들 피부가 좋아 보이는 요즘 잡티가 보이지 않을 정도의 적당한 거리에서 굳이 안경을 쓰고, 현미경으로 흠을 찾는 것이 능사는 아니다.

눈이 나빠지면 이런 장점이 있다.

211001

아가페

해와 구름은 행인의 외투를 벗기는 내기를 한다.

— 구름은 거센 바람을 불어 외투를 벗기려 하지만 행인은 외
　려 단단히 여밀 뿐이다.
— 해는 따스한 햇볕을 비춰 행인이 외투를 벗게 한다.

이 이야기는 독자에게 일차원적 사고에서 벗어난 설득의 방
식을 제안하는 한편, 믿음에 대한 상징적 의미를 암시한다.

구름의 거센 바람은 행인이라는 대상을 직선적으로 상대하
는 솔직함을 의미함과 동시에, 바람을 불어 외투를 벗기려는
행위는 상대방에게도 그러한 태도를 강요하거나 혹은 강한
의심과 호기심으로 감추고 있는 무언가를 보고 싶어 하는 욕
구가 될 수도 있다.

가령 애인의 휴대폰 속에 감춰져 있을지 모르는 비밀스러운
행적에 대한 관음이나 완전한 공개 요구가 이에 해당한다.

해의 따스한 햇살은 아가페적 믿음과 사랑을 의미한다. 따뜻한 햇살에 더워진 행인은 옷을 벗을 수밖에 없는 지경에 이르는데, 막대한 에너지의 햇살은 부모나 신의 사랑과 같이 대가가 없는 사랑을 상징한다.

의심 없이 다가오는 깨끗하고 의도가 섞여 있지 않으며 순도 높은 막대한 관심과 에너지 앞에서, 순한 양이 되어 무장해제되는 것밖에는 도리가 없는 것이다.

가령 사랑받을 줄 알고 사랑할 줄 아는 사람의 미소와, 갓난아기의 웃음과, 강아지의 흔들리는 꼬리는 보는 이로 하여금 냉소적인 마음을 녹이고 절로 미소가 들게 한다.
언젠가 그런 미소를 짓고 싶다.

220521

지식과 지혜

지식은 양의 '스칼라'이나
지혜는 양과 방향을 포함한 벡터값이니

벡터값으로 이루어진 관계성에 대한 명징은 힘과 돈과 권력
이 된다.

세상의 모든 현상에서 개인보다 구조를 이해하는 것이 중요
하다는 느낌이 든다.

220619

흰 배경으로부터

부모가 들고 있는 두꺼운 검은색 유성 매직, 허공에 위에서 아래로 선을 긋는다.

— 이것은 옳고 그름의 선.
— 착한 일과 나쁜 일을 정의하는 경계이다.

그리고 다시 가로로 선을 긋는다.

— 이것은 부모의 최저 기대 충족 기준.
　　＊시험 성적은 그래도 중간 이상.
　　＊연봉은 5천 이상, 결혼은 마흔 이전에.
　　＊자녀는 최소 한 명.

부모와의 인연을 유지하기 위한 조건으로 네 가지 구역과 두 가지 선이 생겼다.

부모가 퇴장해도 선은 그대로 남는다.

다음은 가장 친한 친구들이 나타난다.

친구와 있을 때는 두 선에서 비교적 자유롭다.
선을 넘나들어도 친구와의 관계에 영향을 주지 않는다. 그래
서 자유롭다.

다음은 연인이 나타난다.
펜을 들어 주변에 작은 원을 그린다.

— 이것은 그 사람이 나를 좋아하는 이유들.

그 동그라미에 닿고자 최선을 다해 손을 뻗어 본다.
겨우 동그라미 안에 도달했지만, 이내 사방이 가로막힌 것을
깨닫는다. 이 사람은 좋아하지만, 에너지는 아직 발산한다.

관계로부터 갈등이 생겨난다.
이 관계의 사람들은 왜 저런 선을 긋게 되었을까.
선을 그은 이유를 물어본다.

— 원래 그랬으니까.

— 그것이 '착한' 행동이니까.

— 역할 된 도리이니까.

생각이 많아진다. 맞지 않는 옷을 입은 듯, 편히 앉아도 고쳐 앉고 푹신한 침대에 누워도 자꾸만 뒤척이게 된다.

선을 넘고 싶은 충동이 일어난다. 계속되는 일방적인 요구에 유혹과 자극에 대항할 힘이 없어진다.

— 술을 마시고, 담배를 피우는 학생.

— 19금 영화와 성인물을 시청하는 아이.

— 연인이 아닌 다른 사람과의 잠자리.

도덕규범과 윤리 의식은 옳고 그름, 정상과 비정상으로 정의 되었던 푸코의 규율화된 사회로부터, 가치와 성과 중심의 성과 사회로 변모함으로써 선은 옅어져 가고 돈과 영향력으로 중심이 이동하고 수도권 근교의 모텔은 항상 만실이 된다.

일전의 착한 모범생들은 모두 불태울 때까지 자신을 착취하거나, 실패하여 우울증에 빠져 또한 자신을 착취한다.

지금 나는 모범생을 강요하는 자들에게 거울을 보여 준다. 평면적이고 가엾은, 죽음을 조금 유보하는 당신에게 애도를.

강한 압력으로 평범함의 수치를 올리고, 가식적인 겸손으로 하여금 박탈감을 주는 자들이 얻는 역겨운 행복을 진심을 담아 저주한다.

내가 사랑하는 사람들을 태우고 절벽을 향해 나아가는 컨베이어벨트를 끊어 내고 싶다.

결과로, 성과로, 가치로 평가되는 노예로 살기보다 세월의 모가지를 틀어쥐고 나날이 사색하며 부지런히 스스로 평가하는 오늘과 지금을 살아가는 지인들이 되시기를, 팝콘이 터지듯 짧은 빅뱅의 우주 속에서 슬로우모션으로 흘러가는 이 시간에 감사하며, 사랑하는 사람들이 생겨난 것에 고마워하며 살아가는 많은 날 편안히 잠들고 적게 고통받기를 축복하며 기도한다.

220917

스트레스

요즘 코로나 때문인지 정신적으로 해소되지 않은 스트레스 때문에 다들 부쩍 예민해져 있다. 부대에는 한계에 달해 있는 사람이 많다. 벌써 몇 달째 자유를 잃었기 때문이다.

구속하는 것, 조선시대의 5가지 형벌 중 둘째가는 유배 제도부터, 현대사회에서 감금하는 것까지 시대를 막론하고 중한 처벌에 해당한다.

영국의 한 신문사에서는 공모를 냈다. 영국의 끝에서 런던까지 가장 빨리 가는 방법은 무엇인가?

배를 타고 가는 것, 기차를 타고 가는 것, 비행기를 타고 가는 것 등등 여러 답변이 있었지만, 그중 선정된 1등은 '좋은 친구와 함께 가는 것'이었다.

'혼밥'을 어려워하는 사람일수록 행복하기 위해 관계가 중요하다. 혼자가 되기 두려워하는 사람, 미움받는 것이 너무나 큰 상처가 되는 사람도 마찬가지다.

구속으로 인한 스트레스는 바로 여기서부터 시작된다.

관계의 단절, 이미 7일 중 5일은 하루의 절반을 직장에서 쓰고 있는데 그 나머지조차 자유롭게 쓸 수 없다.

불행한 것은 그냥 갇혀 있어서가 아니다.

— 관계는 기본적으로 대화에서 출발한다.
— 대화는 70%가 비언어적 표현으로 구성되어 있다. 연락을 통해 유지할 수 있는 것은 30%뿐이다.
— 사람의 존재는 죽을 때가 아니라 잊혀지는 순간 사라진다.

결국 관계의 단절로 만나려 했던 사람들을 만나지 못하고, 전화로 대화한다 해도 30퍼센트밖에 전달되지 않으며, 가까운 사람들과 만나지 못하면 스스로의 존재감이 서서히 옅어진다.

이것이 바로 징역이라는 처벌의 무서움이다.

스트레스를 풀고자 하는 행동들은 하나하나 죄가 될까 두려워 눈치를 보게 되며 달걀이 떨어져 사러 나가려는 것도 '택배시키면 되지'라는 말에 막힌다.

스트레스는 사실 자연스러운 현상이다. 일을 하며 스트레스를 받는다는 것이 부정적으로만 보이지만, 그 스트레스로 인해 시간을 돈으로 바꿀 수 있다는 것도 일감이 있어야 가능한 일이기 때문이다.

아주 간단한 화학식이다.

　　　일: 시간 + 젊음(감각 상각) → 돈 + 경험 + 스트레스

일은 어쩔 수 없이 어떤 형태로는 스트레스를 만드는데, 쉽고 재미있는 일은 돈 주고 시키지 않고 본인이 해서, 누군가 하기 싫거나 못 하는 일을 해야 하기 때문에 그렇다.

조금 더 구체적으로 설명하면, 물건을 옮기는 것이라면 육체적인 스트레스가 되고 이를 해결하기 위해 근육이 에너지(ATP)를 소모한다.

머리를 쓰는 일이라면 뇌가 정보를 처리하며 문제를 해결하기 위해 에너지(ATP)를 소모한다.

만약 머리에서 요구되는 정보처리량이 많아 에너지를 많이 요구하면, 쉬고 있는 소화기관과 생식기관에 쓰일 에너지를 끌어다 뇌에 공급하고, 뇌를 Off 하지 않고 걱정하면서 밥을 먹으면 체하거나 소화불량이 생긴다.

밤새 걱정에 잠을 못 자고 무의식이 작동하거나, 과부하 되어 연산 능력을 초과하는 일을 장기간 하게 되면 소화가 안 된다.

스트레스를 없애기 위해서는 널리 알려진 것처럼 취미를 갖거나 운동을 하며 적절히 풀어 줘야 하는데,

이를 통해 머리로 가는 에너지를 다른 곳으로 돌림으로써 프로세스를 강제 종료시킬 수 있기 때문이다.

다른 방법으로는 흡연을 통해 혈중 산소헤모글로빈 농도를 낮춰 뇌의 처리 능력을 의도적으로 저하시키거나(삐가리) 술을 진탕 마시고 해독하기 위해 에너지를 모조리 간으로 보내 에너지를 다른 곳으로 할당하는 방법이 있다.

보통 '힘드니까 한잔하자', '담배나 한 대 피우자'라고 불리는 방법이다.

가장 좋은 방법은 강제 종료하는 것인데, 눈을 감고 명상을 하며 다른 생각을 해서 이미지를 덮어씌우거나, 불이나 하늘을 바라보며 멍하니 있는 것이다.

어렵다면 지인들이 전수한 강제 종료 주문을 외워보사.

— 엥 그럴 수도 있지. (지인 채○○ 씨)
— 몰라 내일 해.　　　(지인 박○○ 씨)

스트레스 관리 능력은 정보화된 현대사회에서 가장 중요한 정신적 저항 능력인데, 번뇌를 잊고 경지에 달하는 것을 불교에서는 다른 말로 해탈이라고 한다.
몇 년 전 개최된 멍때리기대회에서 가수 크러쉬가 참가하여 우승한 바 있다.

201105

어디서 와서 어디로 가는가

요즘 주식에 이어 비트코인이 열기가 아주 뜨겁다.

근본적으로 도박과 다르지 않은 강한 중독성은
보상회로의 도파민에서 기인한다.

맛있는 음식과 업무적 성취감, 목표의 달성과 섹스, 담배가
가져다주는 도파민은 도박을 할 때 나오는 도파민에 비교하
면 극소로 주식과 도파민의 기전은 일상을 잃기 쉬우며 사회
적으로도 생산성을 잃게 하는 것이기 때문에 선악의 구분에
서도 도박은 악의 부분에 해당하며 선악의 도덕을 넘어 법적
으로도 마약, 도박은 처벌되며 사회적인 지탄을 받는다.

유교적인 맥락으로나, 자본주의적 맥락으로나 한 사람의 성
인으로서 요구되는 마땅히 가져야 할 도리는 경제적, 사회적
으로 성공한 이후에도 노블레스오블리주라는 멋들어진 이름
으로 꾸며져 끝나지 않는 올가미가 점점 얽혀 들어간다.

그런데 그런 성공을 이루지도 못한 노동자가 비트코인이라

는 이름의 도박을 하며 마땅히 해야 할 가치 창출을 하지 않는 것은 이 사회적 흐름 속에서 '한심한' 것을 넘어 '범죄'로서 지탄받는다.

도파민을 강제 방출함으로써 현실에서 도피하는 행동, 도박과 마약(외부적 차이는 있으나 같은 기전)을 범죄로 규정한 것은 국가로서의 기성세대이며 법이고 이 나라와 민족을 지금까지 만들어 온 선조들의 의지이다.

그러나 젊은 세대가 비트코인 판에 뛰어들 수밖에 없게 한 여러 가지 이유가 있다. 보이는 현상은 저출산이며 인구절벽이다. 얼마 전까지 70만 명이었던 수능 수험생은 20만으로 삼분의 일 토막이 났다.

당장 아이를 낳아 봤자 높은 확률로 펼쳐지는 번뇌와 고통은 마땅히 사랑하게 될 나의 자식을 인간 지옥도로 소환하는 행위에 지나지 않는 것이다.

한 사람의 편협하고 국소적이며 염세적이고 비관적인 시각이라고 치부하기엔 저출산 통계는 너무나도 유의하다.

인구 증가는 필연적으로 생리적/안전의 욕구에 기인한다. 저 푸른 초원 위의 집에서 사랑하는 사람들과 내 몸을 뉘일 따듯한 집, 먹을 음식이 풍족한 상황에서 사랑하는 사람과 자식을 낳아 즐거움과 세로토닌을 마다할 생명체는 이미 없다.

그러나 애당초 거시적인 물리적 자원이 부족한 상황에서 마냥 기성세대를 탓하는 것은 바람직하지 않다. 오히려 산악 지형과 적은 농지에서 폭발적으로 인구가 증가하는 것이 외려 이상하며 일시적인 인플레이션으로 증가한 식량 탓에 자연스럽게 증가한 인구가 먹거리가 줄어 사라지는 것은 이상한 것이 아니다.

피자 한 판을 열 명이 먹으면 배고프고 못 먹으면 죽는 것은 안타까운 일이지만 지극히 '자연'스러운 일이다.

오히려 척박한 땅에서 가치를 만들어 내고 세계적인 국가가 된 오늘날, 역사적으로 좋은 환경에서도 변변한 스타트업을 만들 용기조차 없는 이 시대와 비교한다면 더더욱 기적 같은 일이다.

다만 안타까운 것은, 누구보다 똑똑하고 고학력인 우리나라 사람들이 현업에 치여 발전하고 혁신할 가능성에 투자할 에너지를 겨우 발맞춰 따라가는 데 다 쓰고 겨우 맛있는 음식에 만족하고 술에 취해 도파민을 짜내야 한다는 것이 한스러운 것이다.

210613

코티솔

뉴스 기사를 보다가 일본에서 포경 산업이 다시 활발해지고 있다는 글을 봤다. 어획량 감소를 막기 위해 상위 포식자를 제거하는 것이다.

흥미로운 것은 고래의 귀 부분에 나이테처럼 축적된 노폐물 속의 호르몬 성분을 분석하면 인간의 포경 산업이 활발했던 1970년대에 코티솔 분비가 많았다는 것을 알 수 있고, 그를 통해 고래의 생애 스트레스를 분석할 수 있다는 점이다.

당질코르티코이드라고 불리는 이 호르몬은 생물이 위협에 대응하기 위해 생체 능력을 당겨쓰는 역할을 한다.

그 과정에서 단백질, 지방, 탄수화물을 에너지로 바꿔 대사나 세포분열을 촉진하여 더 빨리 도망간다든지, 맞서 싸운다든지 할 수 있도록 생존 가능성을 높이는 것이다.

문제는 하늘에서 뚝 떨어진 에너지가 아니기 때문에 앞으로 쓸 에너지를 당겨쓰게 된다는 것인데, 이 문제는 현대사회의 스트레스와 깊은 연관이 있다.

정보화 이후 현대사회의 노동은 크게 앉아서 머리를 쥐어짜는 부분과 부지런히 몸을 쥐어짜는 부분으로 나뉜다.

하루 종일 컴퓨터에 앉아 서류를 쓰는 사람이 있고, 하루 종일 땡볕에서 땀 흘려가며 일하는 사람이 있다.

직관적으로, 당연히 앉아서 일하는 게 좋아 보인다.

덥지도 않고 컴퓨터에 앉아 일하는 것이 마냥 편해 보였기 때문이다. 실제로 시원하기도 하고.

그런데 요새 주변을 보면 같은 돈을 받을 때 차라리 몸을 움직여 일하려는 사람들이 있어 다시 생각해 보게 되었다.

자세히 들어 보니, 주된 원인은 정신적으로 많은 부담을 느껴 스트레스 정도가 높고 퇴근한 이후에도 그 생각들이 떨쳐지지 않아서 하루하루 피폐해지고 있기 때문이었다.

그래서 스트레스에 대해 조금 알아보았다.

최근까지도 눈에 보이지 않는 막연한 것으로 생각했는데, 매우 과학적이며 오히려 더 정밀한 부분이라는 것을 알게 되었다.

시퀀스를 정리하면,

— 스트레스를 받는다.
— 당질 코르티코이드 호르몬이 나온다.
— 혈중 혈당 수치를 올린다.
— 항체 생산 등 면역반응을 억제한다.
— 식욕이 늘어 지방이 축적된다.

당질 코르티코이드는 피부과에서 처방받으면 극적인 효과를 주는 스테로이드라는 이름으로 더 익숙하다.

— 흡연을 하면 니코틴이 코티솔 분비를 유발한다.
— 술을 마시면 알코올이 코티솔 분비를 유발한다.

스트레스에 기인한 흡연과 음주는 생리적으로 호르몬 교란을 일으켜 오히려 안 좋은 결과가 나온다.

'명상', 도를 닦는 느낌이라 어렵고 이상한 느낌이지만, 스트레스가 많은 현대인에게는 필수적인 요소이다.

다만, 가부좌를 틀고 하는 명상은 경지에 이른 숙련자 전용으로 아마추어에게는 추천되지 않으며, 음악, 독서, 운동, 여행 등등 (잡념이 들지 않도록) 몰입할 수 있는 다른 취미를 찾거나 시간 내기가 어렵다면 두 발로 사유하는 철학이라 불리는 무작정 걷기를 추천한다.

만약 잠을 이루지 못한다면, 각성 효과를 주는 카페인(커피, 녹차 등) 섭취를 줄이고 걷기, 뛰기로 계속 몸과 공간을 움직여 시선을 돌려주도록 하자.

— 추천 음악: 페퍼톤스 - 〈Ready, Get set, Go!〉.
— 추천 도서: 파울로 코엘료 - 《연금술사》.
— 추천 운동: 무작정 걷기.

210613

안부정문과 못부정문

흔히 못 하는 것을 안 한다고 말한다.
특히 무언가를 잘하고 싶어 하는 사람이 더욱 그렇다.
내가 어! 안 해서 그렇지, 하면 너보다 잘해!

잔인한 말이지만 못 하는 것이다.
만약 안 하는 것이라면 굳이 저 말을 할 이유가 없다.
하고 싶지만 자원과 용기의 부족 때문에 못 하는 것이다.
주변의 기대와 스스로에 대한 기대가 크기 때문에 그간의 노력이 가져다준 작은 결과들이 모여 미련과 고집을 한 아름 들고 있기 때문이다.
매몰비용 때문에 그간의 노력을 부정하기는 어렵고 시간은 점점 흐르고 고집덩어리가 되어 남의 말을 귀담아듣지 못하는 꼰대가 되어 버린다.

직관과 빠른 판단은 중요하다.
세상은 모든 정보를 종합하고 숙고할 시간을 주지 않는다. 이 사람이 믿어도 되는 좋은 사람인지 빠르게 판단하고, 매 순간의 선택으로 베팅하며 그 결과에 대한 책임은 각자의 몫이다.

하지만 그럼에도 직관은 위험하다.

가설을 세우고 검증하는 것은 다분히 과학적인 사고이지만, 우리는 비판하는 법을 잘 배우지 못했기 때문이다.
스스로 비판하고 수정할 수 없다면 직관은 선입견에 지나지 않는다. 그것은 가설이 아닌 주장이며 과학적이지도 않다.
당연히 틀릴 수도 있다. 모르는 것에 대해서는 침묵해야 한다. 생각하지 못하는 것을 고려하지 않는 것으로 탈바꿈하는 경향이 있다.

귀찮아도 한 걸음씩만 더 고민해 보자. 판도라의 상자를 열어 보자. 상자 안에 들어 있는 것은 가장 약하고 추한 부분이지만 빠르게 인정하고 다음 스텝으로 넘어가야겠다.

생각의 재건축이 필요하다. 진심을 통해 귀담아듣자.

210613

스트레스 최적화

스트레스는 컵에 쌓이는 구정물 같다.

Dirty Water = Stress

스트레스는 돈과 함께 따라오고 또 따라간다.

New Money, New Stress

2020년 근로소득자 평균 한 달 월급 300만 원, 휴일 8일을 제외하고 하루 평균 13.6만 원을 번다.

퍼플오션, 평균 업무 복잡도와 반복도, 인력풀에 따라 가변적인 스트레스 양이 매일 13.6만 원어치 쌓인다.

　　— 일이 많이 쉽다.　　: 13.6 * 0.5
　　— 일이 쉽다.　　　　: 13.6 * 0.8
　　— 일이 어렵다.　　　: 13.6 * 1.2
　　— 일이 많이 어렵다.　: 13.6 * 2.0

컵에 든 구정물은 컵 바닥에 난 구멍으로 한 방울씩 떨어진다. 스트레스의 주간 평균 누적량이 해소량보다

― 많이 적으면   : 이런 일은 평생 할 수 있다.

― 적으면   : 할 만하다.

― 비슷하면   : 못 할 것은 없다.

― 많으면   : 월급날만 기다리며 산다.

― 아주 많으면   : 주말만 기다리며 산다.

구멍은 스트레스 해소 방편이다.

A Hole = A way to let stress out

구멍이 크거나 여러 개라면 컵 안에 든 물은 더 빠르게 빠진다. 좋은 취미가 있거나, 많은 취미가 있다면 스트레스를 해소하기 수월하다.

Hole1 can afford 1 Drop / sec,

Hole2 can afford 2 Drops / sec,

Hole'n' may afford 'n' Drops / sec or More.

210808

눈을 뜨고 있다고 일어난 것은 아니다

다시 한번 깨어나야 한다.
2차원 세상에서 3차원으로.

가끔씩은,

줌 아웃 할 필요가 있다.

고통은 그저 흘러가는 대로 내버려 두고 앵카를 박고 정박한
채로 물속에서 떠올라 지켜보면 된다.

물살이 조금 잦아들면 그때 털고 일어나 다시 묵묵히 걸어가
면 된다.

눈을 뜨고 있다고, 보고 있다고, 보고 있는 것은 아니다.

210809

재미있는 이야기

"재미있는 이야기 해 줄게."로 시작하는 이야기는 보통 재미가 없다. 이미 듣는 사람의 기대가 커져 있기 때문이다. 이어져 나올 이야기는 당연히 재미있어야 한다.

우리나라 교육과정을 보면서 이런 생각이 들었다.

화목한 가정, 공정한 사회, 행복한 인생 같은 것들을 당연하다는 듯이 가르치고, 매체와 인터넷은 그렇지 않은 상태에 있는 사람들을 이상한 사람으로 만든다.
하지만 현실은 괴리가 있으며, 그 차이는 실망이라는 고통으로 돌아온다.

식별 있는 한 지인은 말했다. "인생은 고통이다."

'바람직한 인생'에 대한 기대감은 이미 어린 시절 고정되어, 인위적으로 수정하려 하면 사회적 압력에 의한 방어기제가 발동한다.
'바람직하게' 살지 않는 것을 자기 위로, 자기합리화라는 식으로 바라볼 수도 있다. 고정된 생각은 가시와 같아서 이미 깊숙이 찔려 있는 가시는 아파서 빼는 것도 고통스럽기 때문이다. 그렇지만 빈손으로 태어났기 때문에 쥔 것은 언젠가 놓아야 한다. '바람직한' 삶을 살고자 하는 욕심도 그렇다.

바람직함의 기준에는 인플레이션이 작용한다.
남부럽지 않아야 하기 때문이다. 그래야 자랑할 수 있기 때문이다. 그래서 바람직함을 기반으로 한 인정과 행복은 어렵다.

행복한, 완벽한 인생을 사는 것은 굉장히 어렵지만 괜찮은 오늘을 보내는 것은 꽤 어렵지 않다.

맛있는 음식과 기억에 남을 만한 날씨, 보고 싶은 사람과 좋은 향기, 괜찮은 지금과 괜찮은 오후, 괜찮은 한 주가 모여 행복한 인생이 될지도 모른다.

210809

당연함

건조하게 반복된 어제저녁처럼
기대로 가득 찼던 마음은 흐르는 시간에 빛이 바랬다.

처음의 설렘도, 이상적인 기대도
오래된 포스터처럼 종이는 울고 색은 사라졌다.

그렇게 건물도, 사람도 당연함의 영역으로 사라지고

눈은 보이지만 마음은 맹인
보고 있지만 보이지 않아
나빠진 눈을 비벼 본다. 나빠진 마음의 눈을.

210911

나무

새로 심어진 나무를 다른 나무 막대들이 받치고 있었다.

나무 막대가 서로 견고히 받쳐 새로운 나무가 의지할 수 있는 지지대가 되었고 단단한 결합의 지지대가 있어 새 나무는 높이 자랄 수 있다.

한 나무가 높이 홀로 설 수 있도록 주변의 지지하는 나무들이 있기에 깊이 뿌리내리고 성장할 수 있다.

언젠가 그 나무들은 쓸모없어지지만 홀로 굳건히 선 나무도 가지를 내어 다른 새로운 나무가 자랄 수 있도록 도와줄 것이다.

단단한 결합이 더 큰 나무를 자라게 한다.

210916

배달 음식을 기다리며

우리는 평등을 아주 정의로운 말이라고 생각하며, 이에 반대하는 이를 쉽게 악당이라고 정의합니다.

하지만 미시 세계 양성자와 전자부터 나뉜 역할은 인체의 온 기관과 조직에 거친 분업으로 이어지며 이를 본떠 만든 인간 세계는 응당 그러합니다.

오늘도 누군가는 어디로 향하며 누군가는 또 어느 다른 곳으로 향합니다.

모두의 월급과 시간의 가치는 다르며 불평등한 것이 아니라 같지 않은 것일 뿐입니다.

그렇지만 평등을 외치는 자들의 마음을 모르는 것이 아닙니다.

정작 지켜야 하는 사람들에게는 열기도 두렵게 두터운 법전과, 날 때부터 강요된 불공정한 기회가 오늘날 〈오징어 게임〉이라는 작품으로 승화되어 전 세계적 인기를 얻기에 이르렀

습니다.

적어도 그들은 기회의 평등을 말하기 때문이겠지요.

복잡한 온갖 것을 떠나 오늘도 온종일 일하며, 제대로 된 대우를 받지 못하는 나그네들은 저 너머에 숨어 있는 악인을 향해 손가락질하며 그저 하늘을 보며 분노할 뿐입니다.

분노를 담았으나 갈 길 잃은 손가락은 정체되는 도로에서, 일상에서 손끝, 혀끝으로 튀어나와 지옥은 전쟁 없이도 다시 쉽게 인간 세상에 재림합니다.

신은 없을지언정 이렇듯 지옥은 반드시 그리고 가까이에 있습니다.

양가적인 인간의 심상을 양극화하고 한쪽 편을 옹호하며, 인간을 수단화하는 세태에 이 소인, 분노를 금할 길이 없습니다만, 하지만 그럴수록 침착하게, 시선과 마음과 생각을 의식하고 인지하며 사기꾼의 속임수에 속지 않을 필요가 있습니다.

어젯밤의 제가 그런 것처럼 눈을 뜨고 졸린 상태로 출근하여 겨우 돌아와 가까스로 배달 음식을 시켜 먹고 더부룩한 속으로 숙면을 취하지 못하는 일상 속에서 잠시 멈춰 분노를 가라앉히고 불안한 마음을 진정시킨다면 흐름에서 벗어나, 무엇이 중요한지 알게 될 것입니다.

아멘.

211014

레시피

『양념 재료』
외로움 한 컵,
두려움 두 근,
용기 한 방울,
인정 한 꼬집,

간 보고 리듬 타면서 즐거움 리를 빗.

『조리 방법』
스트레스는 적당히 예열, 타지 않게 강도를 조절한다.

얇은 것에는 작은 불로, 두꺼운 일을 하기 위해서는 충분한
세기의 불에서 굽는다.

일을 마치고 지저분해진 검댕에 일일이 슬퍼하지 말고 그냥
잘 닦아 두자.
맛없어도 맛있게 드세요, 손님.

211025

Class & Instance

클래스와 인스턴스는 객체지향프로그래밍 기초과정에서 등장하는 주요 개념이다.

클래스는 틀이고 공장이며, 인스턴스는 찍혀 나온 결과물이다.
컴퓨터 프로그래밍을 배우다 보면 반복되는 노동으로부터 벗어나고자 하는 꾀돌이의 시선이 엿보인다.
동시에 거시와 미시 세계를 관찰하고 그 구조를 본떠 설계한 알고리즘의 명징에 감탄한다.
그 명징은 현시대에서 빛을 발하며 테크 산업은 실리콘밸리의 명성이 증명하듯 단연 흐름의 주축이라 말할 수 있다.

구멍이 뚫리고 막히고를 구분해 천공카드로 기계식으로 구분하던 컴퓨터는 전기공학의 발전으로 트랜지스터로 거듭났고, 나아가 0과 1, 앉았다 일어서기밖에 못 하는 바보 트랜지스터를 경이로운 방법론으로 조화시켜 인간보다 더 빠르고 복잡한 연산을 처리할 수 있도록 해 주는 CPU, GPU를 만들어 낸 누군가에게 경외심마저 느껴진다.
이제 사람이 제공할 수 있는 서비스는 키오스크와 앱에 밀려

나게 될 지경에 이르러, 이쯤 되면 2차 러다이트운동을 해야 하는 것이 아닌가 생각이 들 정도다.

하지만 동시에, 0과 1밖에 모르는 단순한 트랜지스터로 인공위성을 쏘아 올릴 수 있다는 것은 그보다 훨씬 뛰어난 인간의 치밀하고 정교한 군집 체계가 지금까지 해 온 것처럼 더 엄청난 것을 만들 수 있다는 것을 암시하며, 인스턴스로부터 본떠 구축한 적절한 클래스와 또 그 클래스가 만들어 내는 인스턴스는 사람이 책을 만들고 책이 사람을 만들듯 필연적으로 발전할 수밖에 없다는 생각이 든다.

211102

가치 교환과 냉소성

각 국가의 GDP와 GNP는 그 나라가 세계적인 무대에서 만들어 낼 수 있는 가치를 상징한다.

이를테면 베트남에서 누군가 땀 흘리며 몇 시간 동안 꼬아 만든 바구니를, 포장하고 배 타고 차 타고 바다 건너오는 값을 포함해도 우리나라의 한 직장인이 시원한 사무실에서 20분 동안 커피를 마시고 떠들다가 화장실 가서 카톡하고 담배 피우고 오면서 번 돈으로 구매할 수 있다.

20분 동안 자리를 지키며 조직의 엔트로피를 관리하는 대가로 받은 삼천 원으로 땀 흘려 일한 누군가의 노동력이 교환되는 것이다.

그 번듯한 직장에 가기까지의 품질관리 비용 즉 대치동 학원가에서 키우기 위해 투입된 인근 주거비부터 물가, 학원비까지 균등분할 하여 계산하는 것은 둘째 치고, 세계 무대에서 한국의 이름이 알려지고 기술과 재능을 인정받아 일을 수주하는 것부터 참 대단하다는 생각이 들면서, 동시에 그렇게 발을 구르지 않으면 가라앉기 때문에 굶주림의 공포를 잊지 않은 우리나라는 그 반대편으로 열심히 달리는 것만이 정의롭고 자랑스러운 사회 구성원으로서의 바람직한 도리가 된다.

천천히, 느리게, 주변을 돌아보는 여유를 갖자는 말이나 자신을 사랑하고 양보하고 배려하자는 말은 빌딩으로 둘러싸여 좁아진 여유 공간 속에서 냉소적인 시선과 마음에 막혀 버리고 만다.

211209

장례식

장례식에 가는 꿈을 꾸었다.

누구보다 순수하게 정의로운 눈동자를 가졌던 반짝이던 눈이 아직도 눈에 선하다.

세상은 어제와 같이 흘러가겠지만 다만 잊지 않으려 한다.

210112

나는, 아멘

나는
무력하다.
저항할 수도 없다.
이렇게 읊조릴 뿐이다.
당신의 뜻에 무조건 동의한다.
진화론과 창조론의 잘잘못을 떠나
다만 우주가 나와 당신을 창조하였으며,
희박한 확률과 복잡한 구조의 설계도 위에
긴 어둠 속 영겁의 시간 중 반짝이는 찰나에 만나
스치는 생각, 움직이는 손가락, 흘러나오는 음성은
선명하고 뚜렷하고 명백한
우주의 한순간의 모습의 실재이며
우주는 모든 선과 악을 넘어서,
정의로움과 비겁함을 넘어,
절대 틀리지 않으므로
동의한다. 인정한다.
받아들일 뿐이다.
사랑할 뿐이다.
그저 이렇게,
인정한다.
당신을
아멘.

220419

세월 참 빠르다

명백히 고통스럽고 반복되는 일상을 살 수 있게 해 주는 원동력은 뜻밖의 의외성이다.
매일 새로운 일이 일어난다는 것은 고통스럽지만
다른 의미에서는 감사한 일이다.

고통과 기쁨을 흔히 오르내림으로 표현하지만 사실은 좌우로의 횡 방향 이동에 더 가깝다.
동물에게 고통을 주어 생존하기 위한 고추의 매운맛이 요리의 재료가 되듯, 달콤한 과육이 동물을 이끌어 유혹하듯 매운맛과 단맛처럼 치명적이지만 않다면, 불행과 행복은 맛있는 요리의 재료가 된다.

하지만 높은 자극에 익숙해진 세상 속에서 의외성을 찾기란 쉽지 않다. 강렬한 자극도 익숙함이라는 얼얼함에 이내 무뎌지기 마련이고, 시시해져 버린 날들로 가득 찬 어제와 저번 주, 지난달과 작년은 기억할 것이 없어 세월과 시간은 쏜살같이 느껴진다.
그런고로 나에게 망각은 더욱 소중하며, 새로운 것을 발견하고자 하는 의지는 더욱 귀하다.

세월의 모가지를 꽉 붙들고 오늘도 의외의 이벤트를 기다
린다.

220420

노예와 주인

그 맥락과 의지를 보려는 시선과 주의는 기울이려 하지 않고 겉과 단편을 보고 당나라 군대라느니, 군기가 빠졌다느니, 머리가 길다느니 속단하며 섣부르게 마침표를 찍어 벼룩의 상한선을 긋는다.

처벌에 기인한 외적인 압력에 의한 군기와 규율은 그 압력이 사라지는 순간 팽창하기 때문에 내적인 구심점을 가진 자발적 군기야말로 지속 가능한 군의 기율일 것이다.

삼인행이면 필유아사라 하였는데, 수많은 병사는 나에게 수많은 선생님이다.

이따금씩 눈에 띄는 병사들은, 말과 행동에서 배울 점이 우러나며, 진심으로 함께할 수 있음에 감사하다.

그중 한 명이었던 나○○ 병장의 말이 문득 떠올랐다.

독서를 즐기던 나 병장은 평소 겸손하며 유머러스한 성격으로 선, 후임의 사랑을 받았다.

항공기의 큰 부품을 옮기기 위해 여러 명이 붙어 들어야 하는 무더운 오후에 나 병장은 말했다.
"들어라 노예들아."
같이 들기 위해 한 귀퉁이에 붙어 있던 나는 "그런 말을 하면 안 된다."라고 주의를 주어야 했으나 그 말을 하기 전에 웃음이 먼저 나와 버렸다.

적나라한 블랙코미디에 우리는 한순간 이집트에서 돌을 나르던 노예가 되었으나, 웃음과 함께 그 순간을 잘 이겨 낼 수 있었다.

그리고 시간이 조금 더 흘러, 나는 니체의 글귀를 만났다.

하루의 3분의 2를 자유롭게 쓰지 못하는 자는 정치인이든, 사업가든, 관리자이든 학자든 노예라 말했다.

나는 우리는 군인이지 노예가 아니라고 생각했으나, 니체는 그가 누구이든 하루의 3분의 2를 쓰지 못하면 노예라고 말했다.

그리고 돌아보니 나는 6시에 일어나 내일 10시는 되어야 퇴근한다. 24시간 중에 28시간을 자유롭게 쓰지 못하는 것을 니체는 생각했을까?

평일이면 자는 시간 6시간을 포함해도 10시간 남짓의 시간이 남을 뿐이다.

인생을 놓고 보면 50살까지 공부하고 일하고 평균 나이 80살에 죽는 셈이니 62.5%를 일하는 셈이다.
37.5%는 병원에 가고, 치료를 받고 진통제를 먹으며 살겠지 싶다.

노예는 나다. 하지만 노예가 되고 싶지는 않다.

그렇지만 차라리 노골적으로 명시되었던 노예와 달리 오늘날에는 경제적인 압력으로 전 세계에 스며든 환율과 경제의 지배 시스템에 따라 일하지 않으면 주어지는 것은 당연히 없으므로 나는 오늘도 당직을 서야 한다.

나는 누군가의 주인이 되고 싶은 생각은 없다.

그렇지만 최소한 나의 주인으로 살려고 한다.

신체는 구속할지언정 생각할 수 있는 자유와 듣는 자가 없어도 말할 수 있는 자유를 빼앗기지 않으려 한다.

입을 막는 손을 자르고, 목에 들이민 칼을 깨뜨리고, 길을 막는 가시들을 짓밟고.

고고한 생각은 느리지만, 천천히 끊임없이 나아간다.

220426

양파

양파 속 세상에 살고 있다.
하지만 이 껍질은 무르지 않고 단단하다.

좁은 껍질을 하나씩 깨어 나가면
내 여유도 마음도 조금씩 더 넓어지겠지.

손이 까지고 부르텄지만
금방 까먹겠지, 괜찮아 질 거야.

이다음에도 또 껍질이 있겠지.
나에겐 든든하고 포근한걸.

더 깨트리지 않아도 괜찮아, 따듯하고 고마운걸.

220506

클락션

남편과 사위와 아빠의 역할, 아내와 며느리와 엄마의 역할,
짧은 인간 역사에 자리 잡은 전통이라는 카테고리 속 응당해
야만 하는 것들.

상견례의 주인공은 신랑과 신부가 아닌 남편의 아버지와 아
내의 어머니.
행복한 결혼 생활에 대한 기대가 없어서가 아닐까.
자식에게 실망할까 봐.
자식을 실망시킬까 봐.

새로운 관계를 만들지 못하는 것 아닐까.
부족한 여유는 어디로 갔을까.

지나는 저 차는 어쩌다 클락션을 누르게 되었을까?

220506

무용

주로 '쓸모없는 것'을 바라보며 사색한다.

본디의 의미가 무용한 것은 이 유용의 시간 속에서 어디로부터, 누구를 위해 존재하며 흐르고 있을까?

쓸모없는 것의 쓸모에 대해 열린 마음으로 객체가 되어 생각한다.

화학적 구성과 직관적인 인상, 향기와 만져지는 재질과 감각이 어떤 의미를 가지는지, 누군가에겐 이 물건이 큰 의미를 담을 수 있는 그릇이 되어 가치를 전달하는 매개가 되는지, 결과와 과정, 수단과 목적에 대하여.

이를테면 보석, 플라스틱 조화, 지폐, 담배꽁초, 블록체인 따위가 있다.

쓸모없는 사람과, 쓸모없는 행동도 그러한가.

220929

꽃나무

네가 아주 작은 싹이었을 때, 윗잎과 아랫잎, 둘 중 하나를 골
라야 했지.

수많은 선택의 가지를 거쳐 끝내 도착해 맺은 꽃망울이 끝에
서 터져 나올 때, 그렇게 피어나 떨어지는 꽃잎이 흔들리며
손바닥 위로 내려앉을 때, 다른 가지로 갔어야 하나 어떤 선
택도 후회할 필요 없어.
어차피 내가 널 찾았을 테니.

마침내.

221025

허무맹랑한 이야기

우주를 떠돌던 영혼은 영겁의 외로움과 지루함에 지쳐 여러 행성을 스쳐 가던 중 강하게 빨려드는 소용돌이를 만난다. 소용돌이로 빙글빙글 빨려들어 간 영혼은 그 안에서 잠시 작은 아기로 태어나 여러 눈물과 웃음을 짓고 노인이 되어 죽는다.

노인의 영혼은 쌓은 에너지를 가지고 소용돌이 깔때기 위로 나와 보려 노력하지만, 그 힘이 충분치 않아 다시 한번 머문다. 번뇌가 쌓일 때까지 윤회가 반복된다.

한바탕 놀아 버린 영혼은 중력을 이겨 내지 못하고 조금 더 복잡한 아래로 떨어진다.

충분한 번뇌와 참선을 거친 영혼은 깔때기를 떠나 다시 한번 자유로운 우주를 향해 날아간다.

슬링샷을 날리듯 더 빠르고 강력한 속도로, 지구에서의 따듯함과 추억을 뒤로한 채로.

221031

110

그레이 존

지금도 순간마다 너무 많은 정보가 쏟아지고 경쟁은 끝을 모르고 달려 동시에 닥쳐오는 복잡한 정보들을 처리하기 위해 시간과 부하 한계에 쫓겨 마치 컴퓨터처럼 1과 0으로 구분하려 한다.

가설을 세우고, 데이터를 모아 검증한다.

그러나 알쏭달쏭 양가적인 사람의 마음이란 양자역학적인 중첩 상태로 존재하며, 분명히 존재하나 당장 점심에 뭐 먹고 싶은지도 알 수 없는 마음은 "버거킹 먹을래?" 같은 작용이 제시되어야만 반작용으로 정체를 드러낸다. "그거 말고 다른 거 먹자."

반올림에 따라 분류된 데이터는 사람을 숫자로 여긴다.

사람이란, 사용자가 최저 시급만을 지불하고 쉽게 쓸 수 있는 도구가 아니기에 관리 비용이 수반된다.

게다가 권력 간격 지수가 세계 최고를 자랑하는 문화 속에서 나이와 경력은 서열이 되어 커뮤니케이션의 난이도는 상당하며, 팀워크를 붕괴하고 세대를 분리하는 촉진제 역할을 한다. 나아가 고도화된 알고리즘은 에코돔을 형상하여 정보 편향은 일반화를 가속하고, 가상의 적과 싸우는 일상, 분노 전이에 따라 혐오로 가득 찬 세상을 만드는 데 일조하는 것이다.

나는 이러한 맥락에서 사랑의 러다이트운동을 주장한다.

사랑이라는 이름의 망치로 서로 싫어하는 이유를 부수는 것, 배려라는 이름의 검을 들어 주변을 돌아볼 여유를 구속하는 것들을 끊어 내는 것.

221103

변수를 상수라고 가정하는 것

알고 싶은 무언가를 상수로 가정하는 것은 언젠가 큰 어려움으로 돌아올 수 있다.
특히 그것이 사람의 마음일 때 그렇다.

사람은 대화와 경험을 하고 그에 대한 판단과 생각을 하며 변화한다.

특히 입체적인 사람은 서사를 이끌어 나가면서 많이 변화한다.

고정된 함수처럼 변하지 않아 정해진 답을 내뱉는 사람은 더이상 매력적이지 않기 때문에 그 마음을 알고 싶다는 생각이 들지 않는다. 이미 알고 있기 때문이다.

반면에 예측 불가능하고 의외성을 가지는 사람은 입체적이어서 인기가 많다.

그 이유가 다양한 시각으로 바라보기 때문일까?

여러 가지 눈으로 바라볼 수 있어, 다양한 선택지를 보여 주고 혜안과 직관을 얻는 효용을 줄 수 있어서일 수도 있겠다.

어찌 됐든 그 마음을 상수로 가정해 버리고 싶다.

그 마음이 나를 좋아한다는 마음이기를 바라면서, 기대를 담아 멈추어 있길 바란다.

하지만 그렇다 할지라도 마음은 변한다.

변하는 이유는 가지각색이다.

이성적인 이유로 누군가를 좋아할 여유가 되지 않거나, 반대로 좋아하는 사람이 따로 있거나 변하지 않도록 노력해야 한다.

물론 잘 변하지 않는 사람도 많다.

우리나라는 짧은 시간에 이루어 낸 압축성장의 부작용으로, 그동안 인간관계에 대해 깊이 있는 고민을 할 여유가 없었다.

당장 생존과 발전이 중요하기 때문에 거친 말과 문화, 경쟁 압박 속에서 중간 영역은 과소평가되고 그런지, 아닌지가 중요했기 때문인 탓이다.

그래서 0.5도 1이 되고 0.4도 0이 되어, 섣불리 1과 0으로 반올림되어 버린 마음은 사실 나는 0.49인데 하는 말을 속으로 삼킨다.

특히 많은 인간관계를 맺는 사람, 절대적으로 투자할 체력과 에너지가 충분하지 않은 사람은 유지하지도 못할 관계에 상대방이 섣불리 1로 받아들이지 않도록 유의하고 유지하고 싶은 관계가 0으로 비치지 않도록 조금 더 노력할 필요가 있다.

221112.49

다리

나의 친한 친구는 거대한 다리를 받치는 기둥을 보고 자기가 저걸 만들 수 있을까 하는 생각을 했다고 한다.

그 이야기를 듣고 나서 롯데타워를 보고 나에게 무한대의 시간이 주어져도 저걸 만들 수 있겠느냐는 생각을 했다.

사람 한 명이 해낼 수 있는 것은 한계가 있다.

물론 천재 한 명은 열 명 이상의 능력을 발휘할 수 있지만 아무리 대단한 사람도 다구리 앞에서는 장사가 없다.

양적 차이를 능가할 수 있는 것은 기술적인 차이밖에 없다. 기술적인 차이는 연구 시간에 투자된 금액과 기간에 비례한다.

질적으로 향상된 연구자의 밀도 있는 고농축 연구 시간이 차곡차곡 쌓이고 추출되어 높은 기술을 만들어 낸다.

많은 기간이 흘러도 단절되는 도돌이표의 인류는 동물과 크게 다르지 않다.

나는 그런 사람들에게 관심이 있다. 과거의 사람과 다른 오늘의 사람, 내 앞에서 마주하고 대화하는 사람은 그런 사람이기를 바란다.

과거를 답습하지 않고 자양분 삼아 새로운 싹을 틔워 나가는 사람, 거대한 나무가 되어 새로운 시간의 자양분이 될 수 있는 사람과 이야기하고 싶다.

그리고 그런 사람들이 모인 조직에서 혼자서는 해낼 수 없는 큰 가치를 만들어 내고, 거대한 합체 로봇의 어깨에 앉아 높은 시야에서 만들어 낸 기적적인 작품을 바라보며 경외심을 느낄 수 있는, 그런 조직을 만들고 싶다.

221112

멀티버스

모두 같은 시간과 공간에 살고 있는 것처럼 보이지만 노을과 야경 같은 동 시간대의 같은 풍경을 동시에 본다 한들 그 시선과 사유는 동상이몽이라서 얼마나 알고 있는지, 얼마나 많은 걱정 속에 있는지에 따라서 그리고 주변에 가까운 사람들이 어떤 단어와 어떤 말 습관을 가지고, 어떤 것을 귀하게 여기는지에 따라 똑같이 흐른 지난 몇 년의 시간은 모두에게 다르게 쌓여 있다.

그 시간이 경제적으로 올바르게 쌓였다거나 가치 있게 흘렀다는 유용과 무용의 이야기를 하며, 무용한 시간을 보낸 스스로에게 초조함과 불안함을 불러일으키고 싶은 생각은 없다.

다만 오랜 시간 잊고 살았던, 내가 가치 있게 생각하는 것을 중심으로 시간을 쌓고 즐겁게 페이지를 넘겨 왔는지, 그렇지 않다면 무엇 때문에 어쩔 수 없이 그렇게 흘려보내야만 했는지, 오늘 써 내려갈 페이지에는 무엇을 왜 쓸 것인지에 대한 생각을 한다.

나른한 일요일 정오에 버거킹을 먹고, 스타벅스 코히를 마시며.

221120

골든리트리버

내가 좋아하는 사람에게 좋은 사람이고 싶고 그만큼 좋아하는 여자에게 좋은 남자가 되고 싶다.

그런데 좋은 남자라고 평받는 사람들을 보면 괴리감과 불가능의 벽을 느낀다.

그들은 사랑으로 가득한 골든리트리버가 주인을 바라보듯, 아가페적 사랑의 형태를 하고 있기 때문이다.

반면 은행에서 돈을 빌려주듯, 주기도 전에 상환능력부터 생각하는 깨지기 쉬운 나의 마음으로는 황새를 따라가려는 뱁새처럼 종종거리고, 발발거리며 따라가도 발에 물집이 잡혀 오래가지 못할 거라는 생각이 든다.

노력하면 불가능은 없다는 말은 재능이 받쳐 줄 때의 이야기다. 노력도 재능의 일부다.
문제는 키와 생김새만큼이나 성격도 성장한계에서 멈추는 것을, 키 성장 수술이나 성형만큼 치명적이라는 생각은 잘 하지 않고, 오히려 상대방을 내가 원하는 모습으로 맞추려는 노력이 성형을 강요하거나, 키 성장 수술을 강요하는 것만큼이나 폭력적이라는 인식이 부족하다.

사랑한다면 무엇을 못 하냐? 라는 말만큼 내가 원하는 이상향과 기대라는 침대 크기에 맞추고 재단하는 것도 없다. (프로크루스테스의 침대)

그런 점에서 유들유들한 상태의 어린 나이에 만나 서로가 원하는 모습과 기대에 부응하며 맞춰 가는 것이 제일 이상적이라고 생각한다.

가벼운 걸음으로 서로의 목줄을 답답해하지 않으며 유유히 걸어가는 골든리트리버를 보며, 아가페적 사랑과 헌신에 대해 뇌까린다.

221129

관계성

살아간다는 것은 크게 돈을 버는 시간과 돈을 쓰는 시간으로 분류할 수 있다. 먼저 돈을 버는 시간에 돈을 왜 버는가에 대해 이야기해 보려 한다.

나눈다면 긍정적 이유와 부정적 이유로 볼 수 있는데,

— 긍정적 이유라 한다면, 그 과정이나 목적에서 좋은 마음이 생겨나는 요인들이다. 이를테면 그 과정 자체가 그림을 그리고 글을 쓰는 것처럼 즐거움을 주는 과정이거나, 혹은 선천적인 재능이 뛰어나 어려운 일도 큰 스트레스나 고통을 주지 않는 경우다. 목적에서 좋은 마음이 생겨난다는 것은 사랑하는 사람을 위해 돈을 벌어다 주는 것, 선물을 사 주어 마음을 전하는 것 혹은 내가 좋아하는 물건이나 좋아하는 경험을 위해 쓰려고 돈을 버는 것이다.

— 부정적 요인이라 한다면, 걱정스러운 마음이나 리스크가 돈을 버는 이유나 목적을 불러일으키는 것들이다. 가령 생물학적 굶주림, 불안정성, 노후 대비, 정서적 굶주림과 같은 이유로 돈을 번다면 부정적 요인에 의해 돈을 버는 것이 된다.

긍정적 요인을 좇아 달리고 있는 사람을 예로 들면, 느리게 뒤따라오는 부정적 요인들은 그 속도를 따라오지 못하고 희미해질 것이다.

하지만 아무리 느리게 달려도 꾸준히 흐르는 시간은 이겨 낼 수 없듯 멈춰 있는 사람은 부정적 요인에게 잡아먹힐 것이다. 상기 내용에는 두 가지 논점이 있다.

첫째로, 긍정적 요인을 좇는 이유가 관계성에 의존한 것이라면 그것은 긍정적 요인을 가장한 부정적 요인이 된다. 인간관계에서 의존하는 사람은 언제나 약자이다. 관계의 단절이 두렵기 때문이다. 밸런스의 붕괴는 '을'을 자처하며 노예가 된다. 외제 차와 명품으로 자신을 증명하고 다른 사람을 깎아내려도 스스로의 가치를 인식하고 인정하지 못하며, 결국 누군가의 인정을 바라는 연약한 마음이 다칠까 봐 노예가 되어 안정을 찾는다. 여기서 노예란 주인의 안중에 없는 노력을 들이는 수단으로서의 사람이 된다. 그 끝에는 수치심과 두려움, 같은 말로 외로움과 불안정성이 있기 때문이다.

두 번째로, 느리게 뒤따라오는 부정적 요인들이 옳고 그름을 뜻하는 것은 아니라는 것이다. 왜냐하면 생물학적이거나 정서적이거나 굶주림이나 늙는 것은 잠시 잊거나 보류할 수 있을 뿐이지 순가락 살인마처럼 언젠가 마주해야 할 운명이기 때문에 배부른 것이 옳다거나 굶주림이 그르다고 말할 수 없기 때문이다.

외려 굶주림에서 나오는 이런 글들이 어느 시간 속에는 옳을지도 모르기 때문이다. 그럼에도 되도록 긍정적인 요인으로 달리는 방향과 본인의 적절한 페이스를 아는 사람, 그런 사람이 되고 싶다.

221208

보자기

인생은 운칠기삼.

최선의 노력이 삼십,
운은 칠십이다.

결국은 운이 좋아야 하고 가위바위보 따위를 잘해야 잘된다.

규칙은 쉽다.
거친 바위는 가위를 부수고 날카로운 가위는 보자기를 자르고 보자기는 바위를 감싼다.

왜 감싸기밖에 못 하는 보자기가 바위를 이긴 것인지 잘 이해가 안 됐지만 요즘은 보자기가 바위를 감싼다는 맥락이 제일 좋다.
이겼다는 판정을 내리는 이유는 속성이 비교우위에 있다는 것인데 나머지 둘은 상대를 돌이킬 수 없는 상태로 파괴하는 것이지만, 보자기가 바위를 감싸는 것은 온전한 상태로 감싸 파괴하지 않고 안아 주기 때문이다.

거친 바위를 감싸 줄 수 있는 큰 보자기가 되고 싶다.

보자기 안에 있는 바위는 행복하겠지 싶다.

시간 나면 한번 보자기.

221113

3,000

아이언맨의 명대사 "3,000만큼 사랑해"에서 3,000은 딸이 아는 가장 큰 숫자를 말한 것이다.

처음에는 와닿지 않았다. 아이가 하는 유치한 말이라고 생각했다. 하지만 3,000이라는 뒤에 단위를 붙여 보니, 추상적인 상태였던 마음을 정량적으로 계산해 찾아 나갈 수 있다는 생각이 들었다.

오늘 저녁 그 사람을 만나기 위해 3,000킬로미터를 갔다가, 내일 출근하기 위해 다시 돌아올 수 있을까?

300킬로미터도 사랑이다.

사랑한다는 이유만으로 한 시간에 만 원씩 벌어 모아 둔 3,000만 원을 선뜻 내어 줄 수 있을까?

업, 다운을 해 보면 얼마만큼 사랑하는지 알게 될 것 같지만 별로 알고 싶지는 않다.

그 마음은 멈추어 있는 숫자와 다르기 때문이다.

230110

127

삼인행

세상은 넓고 정보는 많아지며, 나쁜 사람도 그만큼 늘어 공정 거래와 사기는 같은 말이 되었다. 그렇지 않아도 알기 어려운 한 사람의 열 길 물속은 세 명만 모여도 머리에 과부하가 오기 마련이고, 사람이 모인 조직과 현대사회가 만들어 내는 불확실성은 오히려 미신과 운명에 기대는 것이 합리적이고 경제적인 지경에 이르렀다.

이 때문에 복잡성에 과부하 된 정보처리 기능은 자연스럽게 성급한 일반화를 하게 된다.

딱 세 명, 하루에 연달아 똑같이 행동하는 세 명이 나타나면 일반화할 수 있는 가설이 생긴다.

삼인성호, 삼인행이면 필유아사라는 사자성어는 이러한 현상이 새로운 것이 아님을 알게 해 준다.

나는 그 세 명을 이렇게 정의한다. 연인, 친구, 가족.

세 명이 나를 호랑이로 만들고, 나의 스승이 된다.

그래서 이 책을 읽는 당신은 그만큼 나에게 중요하다.

220104

어린 왕자의 베일

어린 왕자는 조종사에게 코끼리를 삼킨 보아뱀과 양이 담긴 상자를 그려 준다. 현대사회의 맥락에서는 이게 무슨 정성스러운 궤변인가 싶을 일이다.

이제는 직장을 다니고 여러 지역을 옮겨 다니게 되어 지인들과 이전처럼 만나고 싶을 때 쉽게 만나기 어려운 시절이 되었다.

어제는 고등학교 친구에게 연락이 왔다. 오랜만에 한 통화에서 살면서 가끔 나를 떠올린다는 말이 마음 깊이 와닿았다.

용건이 있어서가 아니라, 상대방 그 자체를 목적으로 하는 대화는 오랜만이라 즐거웠다. 마음의 눈으로 바라보기 때문이다.

나는 매년 말 한 해를 마무리하며 새해에 보고 싶은 사람을 적어 둔다.
보고 싶은 사람들의 생일을 적어 두고 보통 1주일 전부터 그 사람이 무엇을 좋아했었는지 생각한다.

그 사람의 이름과 얼굴, 자주 짓던 표정, 자주 쓰던 단어와 말투, 나누었던 대화, 함께했던 공간과 시간을 되짚어가며 그 사람이 나아가고자 했던 방향을 떠올린다.

그리고 생일이 되면 인사를 건넨다.

지금껏 걸어온 길이 힘들진 않았는지, 그리고 아직 이런 선물을 좋아하는지, 무엇을 좋아하는지 생각한다. 그리고 그 생각 위에 베일을 덮어 어린 왕자의 상자에 담아 보낸다.
이 선물은 양자역학의 상태로 건네는 백지수표다.

반대로, 내가 원치 않는 선물이었더라도 생각해 준 시간이 고마워 마음이 담긴 선물을 받으면 즐겁다.

내가 좋아하는 것이 무엇인지 몰라줘서, 기억하지 못해서 서운하지는 않다.
며칠 전 이 선물을 고르던 당신의 마음이 감사하다.

당신이 원하는 선물이 아닐 수도 있겠지만 이 선물이 당신에게 도달하는 시간 동안 당신에게 쓰인 마음을 고이 담아 선물을 보냅니다.

이 글을 쓰는 내내 생각했어요.

당신을.

230116

정성스러운 궤변

ⓒ 조현장, 2023

초판 1쇄 발행 2023년 9월 27일

지은이   조현장
펴낸이   이기봉
편집   좋은땅 편집팀
펴낸곳   도서출판 좋은땅
주소   서울특별시 마포구 양화로12길 26 지월드빌딩 (서교동 395-7)
전화   02)374-8616~7
팩스   02)374-8614
이메일   gworldbook@naver.com
홈페이지   www.g-world.co.kr

ISBN   979-11-388-2358-6 (03810)